Fête de l'Humanité,
le 13.09.25

Pour Marie-Josèphe,

CLARK

en espérant que ma psychopathe préférée saura vous faire sourire !

[illegible]

Collection dirigée par Caroline de Benedetti et Emeric Cloche

Anouk Langaney

CLARK

L'ATALANTE
Nantes

Image de couverture : © Studiostoks / Shutterstock.com
Maquette et graphisme : Olivier Lavigne

ISBN 979-10-360-0069-0

Librairie L'Atalante, 15, rue des Vieilles-Douves & 4, rue Vauban
44000 Nantes
www.l-atalante.com

À mes enfants et à leurs pères,
- ces héros.

Clap !

… et hop ! Coincée. Pas mal, non ? Avoue que tu ne t'y attendais pas, à celle-là ! Tu coupes les ponts, tu pars au bout du monde, tu restes dix ans sans donner la moindre nouvelle ; quand je tente de reprendre contact, paf ! tu me flanques hors de ta maison et de ta vie, sans l'ombre d'une hésitation… et te voilà malgré tout obligée de me lire. On sous-estime toujours sa vieille mère.

Pardonne-moi cette désinvolture, je suppose qu'elle rend un son étrange dans de telles circonstances. Ne crois pas que je me sois donné tant de mal pour te narguer. Je profite un peu de l'occasion, mais j'ai vraiment à te parler. De ce qui vient de se passer, bien sûr, que tu dois avoir hâte de comprendre ; mais pas seulement. Et pas si vite. Sois patiente : tu sauras tout, promis ! Mais pour que ce *tout* fasse sens, il faut que je revienne en arrière. Tu m'as posé jadis une question, à laquelle il est temps que je réponde. Même si tu ne veux plus savoir. Peut-être *parce que* tu ne veux plus savoir.

C'était en juin, et il pleuvait. Tu devais avoir quinze ans. Ta sœur comptait les gouttes par la fenêtre ; dans la pièce voisine, ton frère soulevait de la fonte en pleurnichant. Toi, tu me regardais de travers – tu le fais comme personne, je crois que tu as un angle à toi. Tu m'as demandé très doucement, en articulant bien – un peu comme quand tu parlais à ta sœur, maintenant que j'y pense : « Mais à quoi tu joues, avec Clark ? » Et dans le fond de ta voix, derrière la colère qui commençait à frémir, il y avait encore une vraie curiosité, et comme un reste de confiance… J'étais ta maman, après tout.

Si je t'avais répondu, ce jour-là, si j'avais su t'expliquer, que se serait-il passé ? Je ne le saurai jamais. Il y avait un embranchement, un aiguillage ; j'avais le levier bien en main, et tout était possible. Si je t'avais dit la vérité, j'aurais peut-être vu ton regard s'éclairer… Tu aurais ruminé un moment, tu m'aurais harcelée de questions ; puis tu aurais reconnu l'intérêt de la démarche et admis le principe. Tu serais devenue mon alliée, ma complice ! Mère et fille, main dans la main. La *dream team*. Quelle chance pour Clark, et pour moi ! Ç'aurait été la voie royale.

Mais peut-être pas. Peut-être que l'histoire aurait déraillé. Peut-être que tu m'aurais regardée comme une cinglée, comme tu as fini par le faire quelques années plus tard. Peut-être que tu aurais bondi vers la chambre pour tout répéter à ton frère, et qu'à compter de ce moment tu aurais cherché à ruiner mes efforts. Peut-être y serais-tu parvenue. Ou m'aurais-tu forcée à choisir entre vous deux, à t'éloigner de nous ? Qui sait ? Notre vie est un *Livre dont vous êtes le héros* auquel il manque des pages.

Pardon ! J'arrête la philo de comptoir. Que vas-tu penser, si tu me vois me répandre en mièvreries ? C'est sans doute cette chaleur absurde, mais je ramollis à vue d'œil, ces temps derniers. À moins que ce ne soit la ménopause. Tiens, d'ailleurs, c'est une vraie question : comment identifier une bouffée de chaleur, lorsqu'il fait plus de quarante degrés ? En jetant un coup d'œil par la fente de mes persiennes brûlantes, je penche tout de même pour la bouffée externe. Après trois mois de canicule, la ville entière transpire, et j'ai l'impression que mon cerveau colle et sue comme le reste, pris dans la fonte du monde que nous avons connu… Une forme de ménopause planétaire, peut-être.

Suffit ! Une bonne douche froide, et je reprends l'histoire.

Je disais donc que je n'ai pas osé te répondre, ce jour-là. Je n'ai pas pris ce risque. Tu m'avais l'air trop pure, trop naïve. Il me semblait qu'il fallait du recul, une certaine dose de cynisme, pour adhérer à ma démarche. Quelques années plus tard, comme j'aurais aimé que tu me poses à nouveau la question ! Comme j'ai rêvé de te revoir ce fond d'espoir dans l'œil ! C'était écrit autrement. Du recul, tu en avais pris, et même beaucoup, à toute vitesse, mais tu étais maintenant trop loin. Ce qui est logique, bien sûr : de qui d'autre que moi aurais-tu pu t'éloigner pour prendre ce fameux recul ? C'est implacable. Tu ne voulais plus savoir. Tu ne voulais plus m'entendre. Tu ne me voulais plus. Et tu es partie.

Voilà pourquoi j'ai dû remuer ciel et terre pour te piéger de la sorte, pour t'obliger à recevoir finalement la réponse à ta question. Aujourd'hui, que tu y sois résignée ou que tu renâcles encore, tu vas apprendre *à quoi je joue avec Clark* : j'essaie de sauver le monde, tout simplement. Parce que le monde est au plus mal – je ne t'apprends rien ! Combien de temps, avant que tout soit consumé ? Combien d'années à cuire dans le peu de jus qu'il nous reste, tassés dans nos frontières de pays riches, comme des cons d'ours polaires sur leurs derniers glaçons ? Dehors, le vent brûle. Le sirocco a gagné le Pas-de-Calais, il franchira bientôt la Manche. Dans son sillage ardent remontent les pauvres et les sauterelles. Les sirènes des ambulances et des voitures de flics nous chantent l'Apocalypse à tue-tête, et tu voudrais que je me bouche les oreilles ? Je ne sais pas le faire. J'ai mes défauts – ce n'est pas à toi, mon ange, que je prétendrai le contraire – mais l'inertie n'en est pas un. Si moche que soit le monde dont on hérite, il faut le sauver : c'est ce que j'ai lu, j'applique.

Je vais te révéler mon plan, mon projet, ma méthode. Ma contribution à l'avenir de l'humanité – rien que ça ! J'imagine ta grimace, ton air méfiant, j'imagine que tu te demandes à quel degré je parle… Mais au premier, mon enfant, au premier ! Suis-moi. Je t'assure, ça vaut le coup. Et puis, tu n'as pas le choix.

Comme tu dois m'en vouloir, pauvre belle ! Tu m'en voulais déjà pour l'ensemble de mon œuvre : je n'y perds pas grand-chose. Et il est temps que je m'en foute, tu ne crois pas ? Oh, je sais que tu penses que ta colère ne m'a jamais touchée. Et pourtant, tu te trompes. Tu me connais mieux que personne, mais c'est encore bien peu.

Ma belle, ma grande, ma fille… C'est sans doute égoïste, peut-être dangereux, mais j'ai envie que tu comprennes. Au moins l'idée générale. Pour quoi, au juste ? Pour qui ? Un peu pour Clark, sans doute. Pour moi, beaucoup. Pour toi ? Je n'en sais rien, en fait. À vrai dire, je nous confonds. Nous nous ressemblons tellement ! Tu es plus belle, cela dit. Je n'étais pas mal non plus, à ton âge, mais belle à ce point ? Pas sûr. J'ai vu tes photos sur Facebook. (Ne me demande pas comment : j'ai eu du mal, mais j'ai fini par réussir. Il le fallait, tu me manquais trop.) Tu ressembles de plus en plus à Lara Croft – mais il est temps que j'arrête de te le dire, où tu vas finir par couper ta natte. Et surtout, tu as de ces yeux ! Des yeux de marécage, des yeux opaques et sombres, prêts à noyer le monde comme ils ont mangé ton visage. Tes yeux de manga…

Ce n'est pas pour me vanter (enfin si, un peu), mais tu es vraiment réussie. Alors pourquoi te faire passer après ton frère, me diras-tu… (Ne le nie pas : même dans les moments où tu plaignais sincèrement Clark, où tu cherchais à le mettre à l'abri de mes exigences, tu n'en étais pas moins jalouse de l'attention que je lui portais. Et c'est bien naturel, même si c'est absurde – la nature l'est souvent.)

À cette question aussi, j'ai la réponse, qu'au fond de toi tu attends. Elle est toute simple et décevante : mon ambition, cette grande idée, m'est juste venue trop tard pour que je puisse te l'appliquer. On pourrait presque dire – mais ne te méprends pas, rien ne te rendra responsable – que l'idée m'est venue *de* toi. Parce que tu étais magnifique, parce que tu étais solide, heureuse et pleine de promesses, quand le reste de ma vie se fissurait à vue d'œil ; parce que tu poussais droite et vigoureuse dans un champ de ruines où je n'imaginais aucune vie saine possible, au mieux des choses rampantes, épineuses et toxiques. Partout où mon regard portait, tu étais ma seule réussite. Tu me justifiais. Je chantais mal, je dessinais mal, j'écrivais mal, je mangeais et je buvais mal, et je n'avais pas su sauver ton père. Mais toi ! Toi que j'avais faite, toi que j'élevais seule, tu t'en sortais quand même – bien mieux encore : le monde sans toi eût été moins beau. (Pardonne mon lyrisme, Chérie. Il doit te sembler lourd, si tu n'es pas émue. Mais tu es émue, n'est-ce pas ? Au moins un tout petit peu ? Qu'importe, il faut que je poursuive.)

Le raisonnement s'est enclenché tout seul, tu comprends ? Je ne pouvais pas me foutre en l'air, comme j'en avais l'envie pressante – tu m'obligeais à vivre. Pas simplement parce que tu existais, mais parce que tu allais bien ; parce que j'avais été capable de te faire grandir et sourire au milieu du chaos, ce qui frôlait l'exploit. Si, si, sois honnête : te garder la tête hors de l'eau, quasi noyée et hors d'haleine comme je l'étais, c'était une sacrée performance. Quelque chose de grand et de beau – d'héroïque. Tu sens venir l'idée, le Projet ?

J'étais une bonne mère. Artiste ratée, socialement inadaptée, sentimentalement ruinée et physiquement usée, soit, mais malgré tout – et d'autant plus – une très bonne mère. N'est-ce pas une noble fonction ? Un destin valable ? Pour l'admettre, il a fallu que je réajuste certains des repères mis en place par ta féministe grand-mère. Si elle n'était pas déjà morte depuis plusieurs années, son cœur aurait sans doute lâché à l'idée que sa fille ait la maternité pour vocation exclusive ! Le cancer l'aura protégée de cette cruelle désillusion, comme de beaucoup d'autres. C'était une femme anxieuse, tous les maux du monde la rongeaient. Ses intestins n'ont pas fait le poids.

Dans le peu de temps qu'elle m'a consacré, entre luttes syndicales et pamphlets de toutes sortes, elle a su me pénétrer des concepts de libération de la femme, du respect des luttes passées et de leurs héroïnes – au fait, sais-tu que Louise n'est que mon deuxième prénom ? Pour Louise Michel, bien sûr ; mais le premier, c'est Olympe, pour Olympe de Gouges. Olympe-Louise, rien que ça ! Tu vois le genre. Même maman a dû se rendre compte que c'était un peu *too much*, voire contre-productif : ses copines de barricades trouvaient que ça faisait bourge ! Elle a dû prendre conscience de son erreur très vite, car je ne me rappelle pas l'avoir entendue prononcer « Olympe », bien que l'idée n'ait pu venir que d'elle. Papa m'appelait parfois « mon Olympe », j'aimais bien. Je pense que, comme moi, il y voyait des dieux grecs plutôt qu'une tête coupée.

Or donc, me tracer un Destin de Mère n'allait pas de soi. J'ai pas mal creusé la question et fini par valider le projet, mais en me posant plusieurs garde-folles :

– En premier lieu, être une mère ne me dispenserait pas d'être libre et indépendante. Aucun homme ne contrôlerait jamais ma vie. Les choses étaient bien engagées de ce point de vue, ton père, de son vivant, n'ayant jamais contrôlé la vie de quiconque, pas même la sienne. Mais il me fallait du pognon.

– Du reste, une bonne mère n'avait pas à être une femme au foyer : certes, une femme sans emploi aurait eu plus de temps à consacrer à ses enfants, mais à quel prix ? Outre la pérennisation d'un modèle archaïque, il fallait redouter l'inévitable fermeture d'esprit liée à l'absence de vie sociale et d'échanges intellectuels décents (j'avais déjà une petite expérience des dialogues entre mamans à la sortie de la crèche).

– Enfin, l'ambition même du projet devait le garantir de la médiocrité, puisqu'il s'agissait précisément d'y échapper. Il me suffisait donc de viser la démesure. Je ne prétendais pas être une bonne mère, élevant de bons citoyens. Il me fallait devenir la *meilleure* des mères, selon le seul instrument de mesure qui vaille, à savoir le résultat.

Tu me suis ? Tu y es ? Je devais produire un surhomme. Pas juste un héros, trop facile : née de parents héroïques, héroïque moi-même à mes heures perdues, je devais faire mieux. Donc, un super-héros. D'où Clark.

Mais alors (je sens que la tension monte) : pourquoi pas toi, puisque tu me semblais parfaite ? Puisque c'est ta perfection même qui m'avait dicté ce projet ? J'espère que tu ne me soupçonnes pas un instant de t'avoir disqualifiée parce que tu étais une fille ! En fait, c'est tout le contraire. J'aurais été fière d'offrir à l'humanité une sauveuse plutôt qu'un sauveur, comme je l'ai cru un temps possible, à la naissance de ta sœur. Quand l'échographie, au début de ma troisième grossesse, m'a appris que je portais un garçon, j'en ai conçu un vrai dépit.

Je t'ai disqualifiée, je te le répète, parce que tu étais déjà là quand l'idée m'est venue. Tu savais marcher, tu commençais à bavarder, à réfléchir, sans que je n'aie rien calculé – tu comprends ? Tu n'étais même pas désirée, tu t'en doutes : nous t'avions conçue dans un état second, pour le dire pudiquement. Oh, bien sûr, de l'amour, du désir, il y en avait eu : j'étais folle de ton père. Et Zach m'aimait aussi, je crois, autant qu'il en était capable. Mais je n'étais qu'une gamine pleine de drogue, et lui une véritable épave. Avec une sorte de génie, sans doute, ou du moins un vrai talent – je ne suis pas seule à m'en souvenir – mais il n'en a jamais rien fait. Et qu'on ne vienne pas me rabâcher qu'il est parti trop jeune : ce n'est pas une excuse ! Il est mort à trente-quatre ans, plus vieux qu'Hendrix et que Joplin ! Bien assez pour laisser au moins un enregistrement valable, non ? Mais il ne reste rien. Rien qu'une poignée de solos magiques, qui semblent presque déplacés, sur les albums miteux de quelques *garage bands*. Voilà pour le génie de ton père.

Pas de quoi rattraper le Côté Obscur, tu vois ce que je veux dire… Tu avais l'air intacte, c'est vrai, mais jusqu'où allait le miracle ? Comment être sûre que tu ne traînais pas de discrètes séquelles neurologiques des saloperies que lui et moi nous étions mises dans la tronche ? D'accord, j'avais arrêté pendant la grossesse, mais pas instantanément : il m'avait fallu trois bons mois pour réaliser que j'étais en cloque. Je n'avais que dix-neuf ans et, n'étant pas du genre précoce – physiquement, j'entends –, je n'étais pas réglée depuis bien longtemps. Et avec l'alcool, puis la dope, mon cycle n'était jamais devenu régulier… sans compter que je n'avais pas l'œil sur le calendrier, et que j'étais encore assez naïve pour croire que mon mec *faisait attention*. Il m'a fallu ensuite un mois de plus pour accepter l'idée que je n'avais plus le droit d'avorter. J'ai envisagé des plans à l'étranger, puis j'ai renoncé, plus par flemme et accablement qu'autre chose – je me sentais tellement seule, sur ce coup-là… Quant à Zach, tantôt il flippait comme un fou et me sommait de *faire quelque chose*, tantôt il me couvait le bide d'un air béat en trouvant la vie merveilleuse. Le plus souvent, comme pour le reste, il prenait sa guitare et il oubliait. Tout simplement.

C'est à ce moment-là que je suis devenue héroïque. Je me suis sevrée en un temps record, et presque définitivement (j'ai un peu replongé à la mort de Zach, mais pas longtemps, et je ne t'allaitais déjà plus. Et j'ai failli m'y remettre il y a deux ans, mais n'anticipons pas). J'ai commencé à manger des trucs sains, à marcher des heures en bord de mer pour vider mes poumons et mes yeux de leur crasse. J'ai pris mes distances avec la face sombre de ton père – de minuscules distances ; souvent, une cloison suffisait. Je l'aimais toujours autant, mais il n'était plus toute ma vie. Il en a souffert – peut-être même en est-il mort. Mais nous n'avons rien à regretter, ma belle, ça devait arriver. C'était son seul but dans la vie. Alors, un peu plus tôt, un peu plus tard… Ses copains te diront – ils te l'ont sûrement déjà dit – que, si je ne l'avais pas lâché *comme une garce égoïste*, il lui aurait suffi de quelques mois de plus pour pondre un chef-d'œuvre et révolutionner le punk rock… Ainsi va la légende dorée des losers de Montargis, RIP. Son vrai chef-d'œuvre, c'était toi. Il ne l'aura même pas compris, dans le peu de temps qu'il a eu pour en profiter.

Si tu en as (des séquelles, je veux dire), je ne les ai jamais perçues. Empiriquement, je dirais que tu es aussi intelligente que ton frère et que tu aurais pu l'égaler dans à peu près tous les domaines, si je t'avais prise en main comme lui. Mais je n'ai pas vraiment de regrets, ne serait-ce que parce que je ne sais pas comment tu vis ce poids de la mort de ton père, cette espèce de figure d'ange déchu, tout cet amour mort… Trop de paramètres incontrôlables. Ce genre de passé douloureux, ça peut donner Batman comme le Joker, tu comprends ? Si je t'avais poussée à tes limites et au-delà, j'aurais pu me retrouver avec une psychopathe. Ou, plus probablement, avec un autre génie drogué dans mon garage, ce qui aurait fait une belle jambe à l'humanité.

Je n'ai pas pris ce risque. Quant à tenter le combo Superman + Supergirl, c'était séduisant mais irréaliste : le projet était déjà pharaonique, surtout en bossant à côté. Pas la peine d'en rajouter. D'ailleurs, tu vois bien que j'ai déjà eu du mal à m'occuper de toi, et surtout de ta sœur.

Je vais t'expliquer, pour ta sœur, bien sûr. Cette question-là, tu ne me l'as jamais posée – parce que tu crois connaître la réponse, mais tu as tort. Tu verras.

Il faut d'abord que tu comprennes le Projet Clark. Tout est lié.

Des super-héros, je ne t'apprends rien, il y en a de toutes sortes. La première étape, dès que j'ai été sûre de moi, a été la préparation du terrain, puis la définition des objectifs.

Concrètement, au quotidien, je devais poursuivre mon effort de remise en forme, me purger de toute trace de mes excès, pour devenir une mère saine. Le genre de mère porteuse dont rêverait un millionnaire américain, tu vois ? Le genre de nénette que l'ange Gabriel aurait été tenté de caster pour son patron, le pucelage en moins. Il me fallait aussi résoudre le problème de l'argent. Je t'ai déposée à la crèche, et j'ai cherché mes premiers contrats. J'ai tout de suite pensé à la pub, parce que j'avais déjà eu quelques touches, sans rien demander : j'avais dessiné les pochettes des albums de plusieurs copains et, par ricochet, on m'avait sollicitée pour des affiches de concerts, des pubs de magasins de musique, ce genre de tafs. Sur le moment, j'en avais accepté certains qui me plaisaient, mais pas des masses : je n'avais pas besoin de fric, et j'étais vite crevée. J'ai retrouvé la trace de tous ceux qui m'avaient sollicitée et je suis passée les voir, puis j'ai démarché un peu au hasard, par associations d'idées.

Très vite, j'ai commencé à m'organiser : j'ai imprimé des cartes de visite, un flyer de présentation. Un book aussi, et une démo vocale – chanteuse médiocre ou pas, j'avais la voix qu'il fallait pour les annonces radio. J'ai retrouvé un ancien copain de classe qui avait bavé devant moi tout au long du collège, et qui se lançait comme comptable : il a fait de moi une agence ! Il a géré la paperasse et assuré mon secrétariat durant un bon bout de temps. Soyons claires : j'ai couché avec lui, bien sûr. Et avec pas mal d'autres, surtout au début. Ça m'a un peu coûté – beaucoup, dans certains cas. Mais je voulais que les choses avancent vite et, sans diplôme, je voyais peu d'autres ressources. Et puis le cynisme était très tendance, dans les années quatre-vingt : entre le début de la crise, le trip Reagan-Thatcher et la libération sexuelle (il y avait déjà le SIDA, mais on croyait encore à une maladie de niche), on pouvait se rêver en *self-made punk* sans être à une contradiction près, tant que le résultat nous semblait *dynamique*. Et j'étais dynamique.

J'ai enregistré mes premiers jingles, puis mes premiers spots. Plusieurs agences se sont intéressées à mon cas (et à mon cul), mais, comme je me l'étais promis, je suis restée indépendante. J'ai pris un agent, un jeune avec des dents qui rayent, que manifestement j'ai bien choisi : je parle de Yannick – peut-être t'en souviens-tu ? Lui non plus ne s'est pas trompé, ce jour-là. Ni dans ses choix ultérieurs : si j'en juge par la rumeur et par ses fringues, il a fait une sacrée carrière ! Il coache des présidentiables, maintenant. De n'importe quel bord, mais très beaux.

Tu connais la suite. Tu dois te souvenir de mes années pub, avant que je me réoriente vers une com' plus ciblée éthique et politique. J'en avais l'intention depuis le début, sans pouvoir me le permettre : il faut en écouler, du diesel et du bifidus, pour se payer le luxe d'avoir une conscience dans ce métier ! Ton frère était encore petit quand j'ai amorcé le virage. Je ne pense pas qu'il se souvienne d'avoir vu à l'écran sa mère euphorique, en mini-robe fourreau, servant à quatre pattes de la pâtée industrielle à un persan obèse.

Je n'ai pas cherché à devenir riche : je pense que j'aurais réussi, mais ce n'était pas le propos. Mon héros ne devait pas être un gosse de riche. Il me fallait juste assurer le quotidien pour ne pas me disperser dans des calculs mesquins, et avoir une petite marge de manœuvre afin de mener à bien certaines étapes du projet.

L'objectif s'est esquissé très vite ; il me fallait une image, puisqu'elle devait devenir mon horizon. L'enfant qui nous sauverait serait un être vif, puissant, intègre et inflexible. Il aurait un regard intense posé sans ciller sur le monde, d'énormes ressources d'énergie soumises à un contrôle parfait. Des réponses réflexes, immédiates et fluides, à toute situation imprévue. Des valeurs indiscutables, chevillées à la moelle. Le dos droit, le corps d'aplomb. Un visage serein et lisse. Une cape.

La figure de Superman s'est imposée à moi presque par défaut. Je me souviens que tu t'es étonnée un jour du prénom choisi pour ton frère, quand tu as été en âge de dévorer ma réserve de comics. Et ta remarque était très juste : je n'étais pas particulièrement fan de Superman. Ma collection personnelle était beaucoup plus étoffée en opus de Batman, de Spider-Man, des Avengers ou des X-Men. Et encore : parmi les rares exemplaires que tu y as trouvés, beaucoup ont été achetés après coup. Pour Clark, justement.

Quand je suis tombée dans les comics, gamine, à peine sortie de la bande de Fantômette, ce sont les plus tordus du lot qui m'ont tout de suite scotchée, les imprévisibles… Hulk, Wolverine, ce genre de types. Et les méchants aussi, bien sûr ! Je trouvais Superman trop lisse. Ses origines extraterrestres le rendaient à peine moins chiant que Captain America, mais pas de quoi s'extasier non plus.

Mais il me fallait une figure neutre, parce que je ne pouvais pas modeler un héros de fiction complexe. Ce qui chez Bruce Wayne ou Logan me semblait fascinant en faisait, justement, des êtres inimitables, tandis que Superman était l'essence même du super-héros, l'idée de la perfection faite homme, sans personnalité saillante. Une figure pâle aux contours indécis, comme une matrice prête à accueillir un être nouveau qui, lui, serait unique et immédiatement reconnaissable, comme les plus grands. Si j'avais creusé cette idée, j'aurais peut-être tout de suite détecté la faille du projet, maintenant que j'y pense. Mais elle ne m'est apparue que bien plus tard. Je t'en reparlerai en temps voulu – il faut que tu suives ma logique.

Quand j'ai commencé à sortir la tête de l'eau financièrement, j'ai voulu me lancer au plus vite : ce gosse, je voulais l'avoir jeune, tu comprends, pour y consacrer le meilleur de mon énergie, et l'accompagner tant qu'il en aurait besoin… Pour avoir le temps de le voir à l'œuvre, aussi.

J'avais un objectif, du fric, un corps irréprochable. Il ne me manquait plus qu'un père.

Maasaï

Je t'avoue que j'ai d'abord pensé au physique. Pas pour le peu de temps où j'allais batifoler avec l'individu en question : j'avais perdu le fil de mon désir depuis longtemps. Déjà du vivant de ton père, à la fin, avec tout ce qu'on s'envoyait dans les veines et dans le foie, mon corps ne suivait plus grand-chose au lit, ni le sien d'ailleurs. Sa mort ne m'a pas aidée à m'épanouir, tu t'en doutes. Ensuite il y a eu les coucheries pour le boulot : des moments plus ou moins sordides, mais toujours en toc. On s'habitue à simuler ; c'est dur d'y renoncer, après. On craint de perdre le contrôle, tu comprends ? Je ne sais pas si tu peux comprendre. J'espère pour toi que non. Bref, je ne veux pas te mettre mal à l'aise, enfin pas plus que nécessaire ! Juste t'assurer que mes maigres appétits sexuels n'entraient pas en ligne de compte dans mon choix. Je voulais que le père soit beau, juste pour que son enfant ait plus de chances de l'être, point barre. Beau, et absent. Parvenir à une complicité suffisante avec un homme pour l'associer à mon projet dans des délais raisonnables n'était pas réaliste.

Je n'ai jamais envisagé de faire appel à un donneur. J'aimais l'idée d'une fécondation non trafiquée, en conditions de sélection naturelle normale, tu vois ? Avec la grande course de spermatozoïdes, que le meilleur gagne, sans possibilité de triche… Ce n'est pas le côté *naturel* en tant que tel qui m'inspirait, attention. J'aurais pu m'enthousiasmer, au contraire, pour l'idée d'une fécondation trafiquée, si j'avais su comment faire un mutant digne de ce nom. Certaines modifications génétiques m'auraient intéressée, de même qu'un bidouillage technologique de type cyborg, mais je n'avais aucune piste de ce genre. Il me fallait faire avec les moyens du bord.

J'ai écarté l'idée d'un super-héros blond, bien que le look viking ne me laisse pas de marbre. Le super-héros blanc me semblait daté, trimballant des relents néocoloniaux de paternalisme, voire d'aryanisme. Il m'a semblé que, pour un monde comme le nôtre, un super-héros métis s'imposait. Un rassembleur, combinant des patrimoines génétiques différents, pour mieux réconcilier, tu vois ? Une origine africaine me semblait l'idéal, géopolitiquement parlant, parce que le Moyen-Orient était dans une trop grande confusion et que la paranoïa européenne était à son comble : un justicier solitaire avec une gueule d'Afghan aurait eu trop de bâtons dans les roues, si magnifique qu'il pût être. J'ai opté pour le guerrier maasaï : puissant et fin, anguleux, terriblement viril, avec ces incroyables épaules triangulaires qu'on ne voit qu'aux alentours de la vallée du Nil. Et une mythologie assortie qui a de la gueule ! Les chasses au lion, le sang et le lait, le nomadisme…

J'ai envisagé de me rendre directement sur place, mais j'y ai renoncé : les parcs du Kenya et de Tanzanie sont affreusement touristiques, gorgés d'Américains pleins de thunes. Y rester suffisamment longtemps pour tomber enceinte, alors que j'ignorais tout des codes de séduction en vigueur – et de l'ouverture d'esprit locale en matière d'initiatives féminines – aurait risqué de me mettre sur la paille pour rien. Et qu'est-ce que j'aurais fait de toi, pendant ce temps-là ?

J'ai donc cherché un guerrier maasaï en région parisienne. Je suis passée par des associations culturelles, des réseaux d'entraide plus ou moins humanitaires. En fin de compte, le gars que j'ai élu, Moses, n'était pas tout à fait maasaï (il venait du sud du Soudan ;

de la région du lac Turkana, pour être exacte), mais il était plus que crédible dans le rôle. Il avait les épaules, au sens propre. Tu as probablement remarqué par toi-même à quel point cet homme était beau ! Bien que tu ne l'aies pas vu souvent, la dernière fois, tu avais presque dix-sept ans : un sourire comme celui de Mo ne passe pas inaperçu, à cet âge-là. Même s'il n'a pas beaucoup souri ce jour-là, hélas.

Je m'égare. Mo n'est pas seulement beau : c'est un type bien. J'en ai acquis la conviction très vite, dès le premier soir. Je l'avais repéré dans une petite échoppe d'artisanat kényan, et j'avais compris en glanant quelques mots de sa conversation avec le patron qu'il était plus ou moins mécano. Je me suis immiscée dans le dialogue en demandant si par hasard il s'y connaissait en scooters ; il était chez moi le lendemain après-midi, et dans mon lit le même soir, lorsque tu as été dans le tien. Mais pas immédiatement : lorsque je lui ai fait des avances, il s'est d'abord montré méfiant. Il m'a demandé si je me sentais bien, si j'étais sûre de vouloir… Il avait l'air inquiet à l'idée d'abuser de moi, alors que je lui sautais dessus ! J'en ai été vraiment touchée. Je me suis présentée comme une femme libre et épanouie, et il a eu l'air de respecter l'idée ; il était même presque admiratif. Ensuite, il a insisté pour aller chercher des préservatifs, alors qu'à l'époque, quand tu disais que tu prenais la pilule (ou sans que tu ne dises rien, d'ailleurs), bien peu d'hommes y pensaient. Je ne pouvais pas refuser sans me dévoiler, évidemment.

Du coup, j'ai changé mon fusil d'épaule (triangulaire). Alors que je m'étais plus ou moins faite à l'idée de collectionner les coups d'un soir, j'ai décidé de tenter le franc-jeu. Pas la première nuit, mais après quelques rendez-vous. Il lui fallait des papiers, je voulais un bébé : c'était un échange de bons procédés. Il a eu du mal avec cette idée. Pas avec l'idée d'avoir un enfant : il en avait déjà eu un, au Soudan, quand il était très jeune. Il envoyait quelques sous à la mère quand il le pouvait. Mais avec l'idée de couper le contact dès la naissance, ce qui pour moi n'était pas négociable. J'avais du mal à expliquer. Il admettait que je ne veuille pas d'engagement, de vie de couple, de responsabilité légale partagée... Mais pourquoi voulais-je un engagement dans l'autre sens ? Pourquoi une femme *libre et épanouie* aurait-elle dû renoncer, en étant mère, à la fréquentation d'un homme qu'elle semblait apprécier ? Et pourquoi l'enfant n'aurait-il pas eu le droit de connaître son père ? Il en déduisait, assez logiquement, que je devais avoir honte de lui – ce qui peut altérer le moral de n'importe quel homme, fût-il de bonne composition.

En un sens, il n'avait pas tort. Tout cela est très paradoxal. Je l'estimais et je l'appréciais chaque jour un peu plus, il m'inspirait une véritable affection. Je lui trouvais des qualités que j'aurais rêvé de sentir chez un homme, si mon projet avait été de vivre en couple. Il était gentil, drôle, ouvert et curieux, bricoleur, attentionné. Il avait une voix magnifique, et de belles mains. C'était aussi un bon amant, pour autant que je puisse en juger. Pourtant, malgré ce palmarès, il n'avait pas l'étoffe d'un père de héros. Être le parent d'un héros demande des dons hors du commun ou, à défaut, une implication totale, allant comme la mienne jusqu'à l'obsession. Cet homme adorable aurait fait un père très correct pour n'importe quel enfant – j'ai d'ailleurs regretté qu'il ne soit pas le tien, en le voyant te faire rire aux éclats... Il t'apportait souvent de petits instruments de musique, et de beaux jouets en bois qu'il fabriquait lui-même. Je ne sais pas si tu les as encore. Mais je ne comptais pas élever n'importe quel enfant. Le père d'un héros aurait pu être artiste ou inventeur, pas *bricoleur*. Il aurait pu quitter son pays du fait de la guerre et de la misère, mais pas en y laissant femme et enfant. Et ainsi de suite. Par quelque bout qu'on le prenne, Moses ne serait pas le père officiel du héros : il lui fallait un authentique guerrier maasaï, mort sous la dent d'un lion solitaire, ou défendant héroïquement sa terre contre l'expropriation par des spéculateurs sans vergogne.

J'ai réussi à obtenir ce que je voulais, en m'inventant une histoire familiale très douloureuse. Un traumatisme lié à mon enfance, tu vois le genre – mais en restant dans le vague, bien sûr : j'avais coupé les ponts avec mon père sans grands regrets, mais je ne suis pas allée jusqu'à le faire passer pour une brute ou un pédophile. Je doute que Mo ait été dupe de mon baratin, ou du moins qu'il ait admis que l'affaire justifiait son éviction. Mais il s'est laissé faire. Mes déclarations en préfecture avaient bien arrangé sa situation, et il m'en était reconnaissant ; et puis je suppose qu'il espérait me faire changer d'avis, avec le temps. Je lui ai demandé de s'engager sur l'honneur à se tenir à l'écart et à ne pas chercher à se faire connaître de l'enfant. Il a prêté serment avec toute la solennité requise, en n'ajoutant qu'un « sauf si tu changes d'avis » tristounet. Et il avait raison, puisque j'ai bel et bien fini par changer d'avis, même si tu ne me crois pas – nous n'en sommes pas à ce stade de l'histoire, mais sois sûre que j'y reviendrai. De son côté, il a respecté son serment. Je sais qu'il lui en a coûté : la première année, je l'ai aperçu plusieurs fois, de loin, au parc ou dans la rue… Il ne pouvait pas s'agir d'un hasard : il habitait en banlieue, et travaillait à l'autre bout de Paris.

J'en ai conçu une véritable angoisse. Je comprends avec le recul qu'il voulait juste apercevoir sa fille, voir la tête qu'elle avait, et peut-être – sûrement – vérifier que je m'en occupais bien. C'est plus que légitime. Mais j'étais fragile, anxieuse. La grossesse s'était plutôt bien passée, mais l'accouchement avait été douloureux, et surtout inquiétant. On m'avait enlevé le bébé pour des *examens urgents*, et j'étais restée plusieurs heures sans nouvelles. J'avais peur, de toutes les conneries dont une jeune mère gavée d'hormones peut avoir peur : qu'elle soit morte et qu'on ne me le dise pas, qu'on me l'échange… Je suis restée plus d'une semaine à l'hôpital pour ces conneries d'examens. Quand j'ai enfin pu prendre le bébé et rentrer chez moi, en passant te récupérer chez la sœur de mon agent, à laquelle je t'avais confiée, j'étais en miettes. En plus, tu faisais la gueule. Et voilà qu'à peine un mois plus tard, je croise Moses embusqué à l'angle du parc ! Je me suis imaginé qu'il allait kidnapper la petite, bien sûr. Pour partir avec elle, Dieu sait où. Je me suis dit que j'avais fait une terrible erreur en ne m'en tenant pas à mon plan initial du coup d'un soir. Et je me suis juré qu'en cas de nouvelle tentative je ne prendrais plus ce risque.

À ce moment-là, je pensais encore que ta sœur pourrait devenir l'héroïne. Je voulais y croire. Mais je me doutais déjà que ce n'était pas gagné.

Les yeux plus gros que mon ventre

Voilà près d'une semaine, ma toute belle, que j'ai lâché cette lettre. Pourtant, l'étape décisive du Projet Clark est entrée dans sa phase finale, et le temps presse. Hier encore, malgré mes tentatives pour calfeutrer les fenêtres, l'air était saturé de gaz lacrymogène – une manif inutile de plus, qui s'achève dans le sang et les larmes. Comme si tous ces gens manquaient de raisons de pleurer, qu'il faille leur envoyer les chars pour en répandre d'autres ! Décidément, chaque jour qui passe, chaque fait divers me conforte dans ma décision. Même si je me plante, quelle autre issue possible ? Aucune.

Malgré cette conviction, je n'ai pas su trouver le temps ni l'énergie nécessaires pour avancer dans mon récit. Ce n'est pas un hasard, j'en suis consciente. Comment pourrais-je ne pas redouter le moment de te parler de ta sœur ?

À la vue de Zora, à la toute première vue de ce bébé si fin, si délicat d'aspect, intubé de partout, mon cœur s'est serré : cette créature ravissante et fragile n'avait rien de la combattante que j'attendais. *Notre petite fée*, comme tu l'appelais… Elle avait quelque chose d'une fée, en effet. Ou d'un korrigan. Pour ne pas me décourager, j'ai convoqué les figures alliant puissance et délicatesse qui me venaient à l'esprit : les elfes, par exemple. À bien considérer les choses, les Maasaïs, souples et longilignes, ne tenaient-ils pas davantage de l'elfe que du culturiste de base ?

Et puis, ce n'était qu'un nourrisson ; si sa santé le lui permettait, elle pourrait acquérir une musculature harmonieuse en adéquation avec son corps, quel que soit celui-ci. Je commençais à rêver escalade, natation, course d'endurance... Je reprenais courage comme je pouvais, coincée dans ma chambre d'hôpital avec une horrible bonne femme qui ne cessait de se répandre en mièvreries larmoyantes sur chaque rictus, chaque selle, chaque hoquet de son propre bambin.

Tu n'es pas devenue comme cette femme, n'est-ce pas ? Malgré la place que tes nombreux enfants doivent occuper dans ta vie, malgré l'amour évident que tu leur portes, qui te donne cette expression ravissante et un peu niaise sur les photos que j'ai pu voir, je veux croire que tu te souviens que le reste du monde s'en fout éperdument. Que tu n'es pas de celles et ceux qui s'extasient publiquement sur un borborygme, et parlent couches pendant les repas.

La santé de ma fille était tout ce qui m'importait. Les nouvelles qui m'arrivaient parcimonieusement étaient troublantes : les examens n'indiquaient rien de suspect ; pourtant, le bébé semblait peu tonique, et ne prenait pas de poids. La formule *peu tonique* m'a fait l'effet d'une sacrée douche froide ! Cependant, le même jour, le regard de Zora m'a gonflée d'un nouvel espoir. Je voyais pour la première fois ses yeux grands ouverts – pas si grands que les tiens, mon ange, mais longs, en amande, presque bridés – et l'intensité de ce que j'y lisais m'a bouleversée. Je n'ai jamais vu personne fixer le monde comme ta sœur. Jamais. Le monde, c'était la fenêtre, en l'occurrence : la sage-femme avait beau me dire qu'elle ne pouvait pas encore voir si loin, qu'elle devait juste être sensible à la lumière, j'étais convaincue, moi, qu'elle cherchait l'extérieur, qu'elle ressentait une sorte d'appel. Il y avait d'ailleurs des lumières électriques plus brillantes que la pauvre clarté de ce matin-là, dans la pièce, et elle s'en fichait comme d'une guigne. Elle regardait dehors, c'était une évidence. Et comme je la comprenais ! Il fallait que je la fasse sortir de ce piège.

Mais les pédiatres, pendant que je me réjouissais de sentir chez ma petite fille une volonté, une tension, un désir si palpables, eux s'inquiétaient, tu le devines… Ils s'inquiétaient qu'elle ne me, ne les, ne nous regarde pas, malgré toutes nos tentatives pour capter son attention. Et là où je voulais voir une arrogante concentration sur ce qui me semblait l'essentiel (sortir de ce putain d'hôpital), eux réclamaient de nouveaux tests, afin de détecter d'éventuels problèmes de vue ou d'audition qui leur auraient échappé la première fois.

J'ai dû négocier ferme et signer je ne sais combien de décharges, sous l'œil réprobateur de la matrone de l'accueil, pour qu'on me laisse partir avant les résultats. Il a été convenu qu'une sage-femme viendrait à notre domicile chaque jour, jusqu'à ce que la courbe de poids de la petite soit rentrée dans le rang. J'avais mis en avant ma situation de mère célibataire, et la nécessité de pouvoir m'occuper de toi – je pense que c'est ce qui a débloqué la situation. Une fois à la maison, pendant que tu te réfugiais pour bouder dans ta chambre, j'ai installé Zora dans la mienne, en l'orientant de manière à lui montrer le ciel. Tout le temps qu'elle y a dormi, pas une fois je n'ai fermé les volets, tu sais…

C'était vraiment une drôle de petite créature. Sa passion pour l'extérieur ne s'est pas démentie : à la maison, elle semblait tout entière tendue vers la fenêtre, suspendue à un bout de ciel par les yeux, puis par le cou et les épaules quand sa petite tête est devenue mobile. Lorsque nous sortions, elle s'éclairait. Sa bouche, ses mains, tout en elle frémissait, et ce n'est que dehors qu'elle acceptait de se nourrir. Je passais des heures à tenter de lire dans ce regard avide ce que le ciel lui inspirait, sans grand succès.

Une chose était sûre : je ne voulais pas m'interposer. Je crois que j'avais le sentiment d'être en face d'une volonté plus forte que la mienne, et qu'il me semblait légitime que son projet l'emporte sur le mien. Peut-être était-ce justement là le trait distinctif des héros, après tout. Comme dans ces légendes ou ces contes anciens, où un enfant se démarque dès sa naissance par une sorte de sagesse archaïque, un langage insolite… Ces mômes exceptionnels, dont on suppose qu'ils gardent en eux le souvenir d'existences passées, tu vois l'idée ? J'ai pensé que, peut-être, ta sœur était de ceux-là. Aussi dingue que cela puisse paraître, il m'arrive de le penser encore.

J'ai donc cherché à respecter son plan, ou celui des Puissances qui me l'avaient confiée ; mais le moins qu'on puisse dire est que l'effort n'était pas réciproque. Je consacrais l'essentiel de mon temps et de mon énergie à ce bébé. Du côté professionnel, j'acceptais à nouveau tout ce qui venait, sur le seul critère de la rentabilité immédiate : mon agent était prévenu que je n'avais d'autre priorité que de me faire du pognon en peu de temps, pour pouvoir vite rentrer chez moi. Durant les heures où je travaillais, j'avais recruté pour Zora une nounou de compétition, une Suissesse bardée de lettres de recommandation dithyrambiques, authentique puéricultrice de formation, branchée sur tout ce qui se faisait de plus innovant en matière d'éveil. Je t'avais, de fait, sacrifiée (tu ne t'en es que trop aperçue), m'en remettant à l'école maternelle pour t'éduquer. Je me contentais d'assurer un service minimum, et de t'associer, quand je le pouvais, aux activités conçues pour ta sœur – donc peu adaptées à ton âge. C'était d'autant plus dérangeant, même à mes yeux, que tu te jetais avidement sur chaque miette de cette attention qui t'était accordée, et que tu multipliais les prouesses dans ton désir de me plaire : avec les jeux d'éveil premier âge de ta sœur, tu inventais des histoires rocambolesques, des échafaudages complexes, des parcours d'obstacles… Ne crois pas que je n'aie rien vu ! Mais c'est elle que je regardais.

Après avoir un temps redouté que ton agitation ne perturbe la petite, j'en suis venue à laisser de plus en plus libre cours à tes initiatives, non pas tant par respect pour elles (bien que j'en aie eu, je te l'assure), mais parce que je constatais que tu parvenais à capter l'attention de Zora. Je m'en suis rendu compte très tôt : elle réagissait à ta voix, tandis que les nôtres, la mienne comme celle de la formidable Suissesse, tombaient dans l'oreille d'une absente. Je me rappelle m'être demandé si ce pouvait être une question de fréquence, et avoir tenté d'adopter une voix plus haut perchée pour m'adresser à elle, mais en pure perte. Tu étais plus intéressante que nous, voilà tout. C'est à ce titre que tu es progressivement revenue sur le devant de la scène, durant les mois où l'espoir a été permis.

Je voulais tant qu'elle parle ! Comme tous les parents, me diras-tu. Je ne sais pas. J'étais confrontée à une énigme vivante. Une petite fille dont la santé ne semblait, à l'usage, pas si fragile que cela, malgré son allure de bibelot, et dont le développement moteur, s'il n'était pas précoce, n'était pas non plus inquiétant au regard des statistiques, mais qui ne semblait attendre de la vie que la vue du ciel et la voix de sa sœur. J'avais tellement hâte de l'entendre expliquer, ou plutôt demander, exiger ce dont elle avait besoin pour s'accomplir, tandis que je m'échinais à obtenir l'esquisse d'une réaction, à grand renfort d'objets lumineux et d'animaux sonores ! La Suissesse n'y parvenait pas davantage, ce qui m'était tout à la fois un sujet d'inquiétude et un vague réconfort.

Je l'ai trimballée partout où je l'ai pu, dans des jardins, dans des musées. Nous avons vu ensemble une grande rétrospective Magritte : j'avais l'espoir que les fenêtres peintes puissent l'émouvoir, mais elle s'est endormie de dédain dans ce grand bâtiment aveugle. Je l'ai emmenée en bord de mer, à la neige, et même dans un champ de blé mûr, pour éveiller son chakra du nombril. *Tu* revenais de chaque balade plus joyeuse et plus volubile, véritable étalon de satisfaction enfantine, preuve vivante que j'allais dans le bon sens – mais elle ne disait toujours rien, se contentant d'agiter les mains en cadence, dans une chorégraphie assez gracieuse, au son de ta voix. Je n'ai réussi à éveiller pleinement son intérêt que cette nuit de pleine lune, en montagne, où j'ai eu l'idée lumineuse – si j'ose dire – de lui faire observer l'immensité du ciel nocturne, dont elle n'avait eu qu'un vague aperçu à Paris : à peine sortie de la maison, immédiatement captivée par l'énorme lune, elle s'est crispée de tout son petit corps, comme sous l'effet d'une décharge électrique, et, après un instant de silence hébété, elle s'est mise à hurler à la mort. Il lui a fallu plusieurs interminables minutes pour se calmer. Une fois rentrée, pour la première fois (et l'une des dernières), j'ai senti ses doigts m'agripper.

J'ai pleuré, cette nuit-là, près du couffin de ma louve-garou, comme je n'avais jamais pleuré. J'étais complètement paumée. En rentrant à Paris, j'ai vidé mon sac auprès de la nourrice. Elle a répondu que nous devions avoir *une vraie discussion* – qu'elle avait tenté d'entamer à plusieurs reprises, sans succès, m'a-t-elle dit. C'était sans doute vrai ; mais avant cet épisode, je n'étais pas prête. Nous nous sommes assises à la table de la cuisine – ce qui était déjà effrayant en soi, car cette femme ne s'asseyait jamais – et elle a pris une grande inspiration, avant de commencer à me parler très gentiment, en choisissant ses mots avec un tact infini. J'étais horrifiée. Une sorte de bulldozer en caoutchouc rose tendre pulvérisait mon rêve.

Elle avait un parler professionnel étonnant, mi-langue de bois, mi-envoûtement. Dans chaque phrase, elle glissait un mot important et brutal, aussitôt amorti par une foule de compléments ineptes, mais indolores. Je fixais la table comme Zora fixait le ciel, ou pas loin, et je cherchais à repérer les mots de couleur différente, ceux qui ouvraient des liens hypertexte vers un site interdit.

De mémoire, il devait y avoir *communication*, *développement*, *trouble*, *dépistage* et *spécialiste*. Même bien enveloppés, ces mots faisaient sens. Il en manquait un, mais je le connaissais, et, curieusement, le fait qu'elle ne l'emploie pas lui faisait prendre toute la place. Le mot ENVAHISSANT. Trouble ENVAHISSANT du développement. Ma fille, mon espoir, mon héroïne, était peut-être autiste – mais ce mot-là non plus ne fut pas employé.

Ne va pas croire que je me sois effondrée, ce serait mal me connaître. Dès que j'ai franchi le cap, rassemblé les indices, confronté ce qu'elle me disait à ce que je savais déjà, ma conviction a été faite : oui, Zora était autiste, cela crevait les yeux. Quelque chose en moi l'avait toujours su. J'ai félicité la Suissesse pour son diagnostic, je l'ai remerciée de tout cœur. Elle n'en revenait pas, la pauvrette ! Elle ne s'attendait pas à une telle réaction ; elle avait prévu du déni, des larmes, des reproches, un appel à l'aide, que sais-je ? Certainement pas qu'on la raccompagne poliment vers la porte, sous une flopée de compliments. Il fallait que je réfléchisse. C'était une donnée nouvelle, mais pas forcément décourageante.

Oh, j'allais oublier : avant de t'en dire plus, un petit indice. Tu vois le mot écrit en capitales, quelques lignes plus haut ? Ce mot fera partie des réponses attendues de toi, tout à l'heure. La personne qui t'a remis cette enveloppe est chargée de vérifier que tu auras bel et bien lu l'ensemble de ce que j'ai rédigé à ton intention. Elle te posera cinq questions, elle a déjà dû te le dire. « Quel est le mot que la nourrice de Zora n'a pas prononcé lors de la “vraie discussion” qu'elles ont eue à la table de la cuisine, ce mot que votre mère a rétabli par elle-même ? » sera la première question. Tu disposeras d'une minute pour retrouver le passage concerné si besoin, pas plus. Si tu réponds de mémoire, pour certaines questions des réponses approximatives pourront être accueillies positivement, mais on t'invitera à rester une heure de plus et à relire les pages parcourues trop vite. Si tu ne vois même pas de quoi elle parle… ma foi, elle a dû te dire ce qui en résulterait ? Sinon, tu ne serais pas en train de lire ces lignes, n'est-ce pas ?

Tout cela est très coercitif, je m'en rends bien compte, mais, je le répète, tu ne m'as pas laissé le choix.

Maintenant, attention ! Je t'ai explicitement donné ce premier exemple pour être sûre que tu comprennes bien le principe, et que tu saches à quoi t'attendre, mais ne va pas croire que les passages sur lesquels tu seras interrogée seront tous en capitales ou surlignés, ni commentés comme je viens de le faire. Pas question. Je choisirai des informations importantes, insérées dans des passages clefs (j'en ai déjà trois en tête ; pour la dernière, j'aviserai sur le moment). Je fais confiance à tes qualités de lectrice : si tu me lis vraiment, tu répondras sans peine. Tu dois juste empêcher ta mauvaise volonté et ton ressentiment d'inhiber le processus.

No rain girl

Lorsque la Suissesse m'a fait comprendre que ma fille était autiste, son diagnostic (car c'en était un, malgré les précautions d'usage) m'a paru aller de soi. Mais je n'ai pas mesuré à quel point j'avais, de l'autisme, une vision incomplète et trompeuse.

C'est que, vois-tu, l'idée avait été émise, en d'autres temps, que ton père présentait la plupart des symptômes du syndrome d'Asperger. Émise par ses parents, en l'occurrence, ou plutôt par un spécialiste qu'ils avaient mandaté, dans un contexte assez traumatisant.

Pour résumer, crevant de trouille à la vue du déchet que devenait leur fils (et je ne peux pas les en blâmer, d'autant que la suite leur a donné raison), ne parvenant pas à le convaincre de se laisser désintoxiquer, ils avaient cherché à le faire interner. Pas définitivement, juste le temps d'un véritable sevrage. Ils avaient contacté dans ce but un avocat, qui les avait adressés à un psychiatre renommé, expert auprès des tribunaux. Ils n'avaient absolument pas prévu ce qui allait s'ensuivre. Ils voulaient simplement faire entendre que l'état lamentable de Zach ne lui permettait pas de prendre la bonne décision, celle qui s'imposait pour sauver sa vie.

C'est ce fameux expert qui, après avoir un peu cuisiné la famille, a soulevé un lièvre de la taille d'une orque : ton père – si brillant par certains aspects et immature par tant d'autres, fasciné dès son plus jeune âge par l'abstraction du solfège, incapable d'entendre que son entourage supportait mal qu'il soit à ce point monomaniaque, violent aussi (parfois envers les autres, toujours envers lui-même) – ton père, donc, fleurait l'Asperger à plein nez. Établir ne serait-ce qu'une forte présomption de handicap aurait considérablement étayé le dossier parental. Suffisamment pour justifier des analyses sanguines, dont les résultats accablants auraient réglé la question. Cette solution présentait, de plus, l'avantage certain de ne pas envoyer Zach en prison, ce qui était la hantise de ses parents. C'est certainement ce dernier argument qui les a décidés à accepter, d'ailleurs, bien que l'idée leur ait profondément déplu. Rends-toi compte : on leur balançait au visage que leur petit prodige était handicapé (argh !), qu'ils ne s'en étaient jamais aperçus (re-argh !), et qu'ils allaient devoir clamer le tout haut et fort à la face du monde.

Ils l'ont fait pour sauver sa peau. Ils ne voyaient pas de meilleure solution.

Tu auras compris que je leur donne raison, avec le recul. Mais à l'époque ? À l'époque, j'étais une gamine à peine majeure, follement amoureuse d'un artiste maudit, et ces salauds de vieux bourgeois voulaient envoyer l'homme de ma vie à l'HP ! Je les ai haïs.

Quand j'ai eu connaissance du dossier monté par l'expert avançant la thèse de l'Asperger, malgré ma partialité, j'ai été ébranlée. Je l'ai lu très attentivement, dans l'idée de connaître l'ennemi : Zach se souciant du procès comme du reste, c'est-à-dire comme d'une guigne, je me sentais seule responsable de sa défense. Et il m'a bien fallu reconnaître que le portrait que le médecin avait dressé n'était pas celui d'un étranger. Je vivais avec ton père depuis deux ans déjà ; l'entourage qui morflait, c'était moi. Je n'étais pas amoureuse au point de ne pas me rendre compte que je passais la moitié de ma vie à sangloter, pendant que mes copines m'enviaient de vivre avec un tel génie ! On le supposait donc atteint d'Asperger ? Comme, disait-on, Einstein, et peut-être Isaac

Newton ? Et tel ou tel champion d'échecs ? Et tel crack en informatique ? Ce n'était pas absurde. Ce n'était pas humiliant. Il était même réconfortant de penser que son indifférence à mes états d'âme avait une cause objective, que son apparent égoïsme n'était pas *de sa faute*… Je pouvais l'entendre.

L'entendre, mais pas le dire, bien sûr ! Ma mission était de lui éviter l'asile, coûte que coûte. Donc, juste ou erroné, ce diagnostic devait être invalidé. Du coup, je me suis documentée, tu comprends ? Pas pour vérifier la thèse du psychiatre, juste pour mieux la démonter. Avec les potes de Zach, devant le juge, nous avons menti effrontément. Je les avais briefés sur ce qu'ils devaient dire pour contrer l'offensive. J'ai inventé mille anecdotes touchantes pour illustrer l'exceptionnelle empathie dont faisait preuve mon chéri au quotidien : les mots d'amour, les attentions, les petits cadeaux… Sans compter la variété sidérante de ses activités et centres d'intérêt, même s'il était trop timide et trop modeste pour l'admettre en public ! Je l'ai soutenu de toutes mes forces – et tu sais que je peux être forte.

Je ne sais pas si mon témoignage a pesé lourd, en fin de compte. Il y a eu d'autres paramètres : ses parents eux-mêmes, par exemple, ne digéraient pas le mot *handicap*, et semblaient avoir presque envie de me croire. Et puis, je suis tombée enceinte ! Ses revenus étaient les seuls de ce qui nous tenait lieu de foyer… Bref, le fait est qu'il n'a pas été interné. Et qu'il est mort. Est-ce que je le regrette ? Un peu, mais je ne m'en veux pas. Qui sait où il serait tombé, s'il avait été interné ? Et comment il aurait réagi si, par exemple, on l'avait empêché de prendre sa guitare quand il le voulait ? Il n'attendait qu'un prétexte pour se foutre en l'air, ne l'oublions pas.

Voilà donc, ma belle, ce que je savais de l'autisme, avant ta sœur : un peu plus que la moyenne de mes contemporains, pour en avoir traqué chaque signe clinique afin de le rendre indétectable, mais bien peu tout de même. Je ne m'étais intéressée (et pour cause !) qu'à l'autisme qu'on appelle *de haut niveau*. En regardant Zora, je repensais à Einstein, et à ton père ! Ou, au pire, à Dustin Hoffman dans *Rain Man* : quelqu'un de compliqué à manier, de très fragile, mais dont on pourrait tirer le meilleur en s'adaptant à sa tournure d'esprit unique. Une Asperger pouvait-elle être l'héroïne ? Pourquoi pas ! L'ambition de mon projet devenait d'autant plus délirante, mais aussi d'autant plus noble, en un sens. Ce cerveau unique et précieux, si je parvenais à tromper ses angoisses, à compenser ses lacunes et à nourrir ses appétits hors du commun, pouvait très bien devenir la clef d'une énigme à venir ! Contribuer de manière décisive au salut de l'humanité, par des détours inaccessibles aux esprits ordinaires ! Je tenais un superpouvoir. Un vrai.

À trois ans, Zora ne parlait toujours pas. Elle ne m'avait rien demandé. Elle fixait constamment le ciel, mais ne semblait rien en attendre. Elle t'écoutait parler, mais ne faisait pas mine de vouloir te répondre. Quand ses premiers mots sont venus, ils ne m'ont apporté aucune révélation : la plupart du temps, elle répétait des bouts de phrases, hors contexte, à voix très douce. La fin des tiennes, souvent. L'autisme de Zora était de l'autre sorte.

Mais, là non plus, je ne t'apprends rien.

Je traîne, je traîne, et Clark qui n'est toujours pas né !

Shoot again

Et me revoici au point de départ, avec cette fois deux enfants sur les bras. Oh, non pas que je me plaigne de toi ! Au contraire, tu me soulageais beaucoup, en t'acharnant comme tu le faisais à parler à ta sœur. Et puis, surtout, tu me rappelais que j'avais été capable, sans effort particulier et sans aide extérieure, d'élever une gamine charmante, espiègle et dégourdie. Mais que faire de Zora ? La pauvre n'était guère envahissante, mais son trouble l'était pour elle. Elle ne nous faisait part d'aucun de ses besoins naturels, de sorte que je devais m'imposer de vivre dans une tension constante pour ne pas l'oublier dans un coin. Elle se déplaçait assez peu, jamais bien loin des ouvertures, mais portait à sa bouche tout ce qui lui tombait sous la main, et faisait longuement crisser ses ongles sur le verre. Il m'était impossible de travailler en sa présence. Plus encore d'organiser une rencontre avec le futur père de Clark.

Si je voulais qu'elle puisse être scolarisée en dépit de son manque total d'intérêt pour l'hygiène personnelle, il me fallait faire reconnaître son handicap, au terme d'un véritable parcours du combattant. C'était le seul moyen d'obtenir, à plus ou moins long terme, son placement dans une institution ; ce qui me semblait le seul horizon possible, si je voulais garder mon cap. J'ai décidé d'attendre, l'école maternelle n'étant pas obligatoire, et de garder la nounou suisse tant que je ne serais pas enceinte. Je m'occuperais de constituer le dossier pendant mon congé maternité. En attendant, j'allais mettre les bouchées doubles dans le domaine professionnel, de manière à gagner, en plus du salaire confortable de ladite nounou, de quoi mettre de côté un pécule qui permettrait un jour d'installer la petite dans un établissement correct. Avec de grandes fenêtres.

Je t'imagine ébahie, relisant le dernier paragraphe ! Et sans doute horrifiée. Tu ne te doutais pas que j'avais envisagé de placer Zora, n'est-ce pas ? Surtout si jeune. Eh bien, si. Était-il facile pour moi de l'envisager ? Bien sûr que non. C'était un déchirement, ou du moins la promesse d'un déchirement, et la perspective d'un fardeau de plus sur ma conscience. Car j'en trimballais déjà un, vois-tu. Ne t'ai-je pas dit que j'avais abandonné à d'autres ton éducation, à la naissance de ta sœur ? Ce n'était pas une façon de parler. Ce premier abandon m'avait coûté très cher, bien plus que tu n'accepteras jamais de le croire. J'avais franchi le pas comme on se jette à l'eau. Ensuite ? Ma foi, il faut nager. J'avais un projet, un dessein supérieur ; tout était dit. L'intérêt général devait l'emporter, sur le tien comme sur le mien propre.

Je n'ai pas honte d'avouer que lâcher Zora me paraissait moins grave, parce qu'il me semblait, pour le dire crûment, que cette enfant ne m'aimait pas plus qu'autre chose, et que n'importe qui pourrait jouer mon rôle à ses côtés. La séparer de toi paraissait plus cruel, mais je supposais que dans une institution spécialisée, entourée d'enfants, elle saurait distinguer une autre voix, digne de sa toute petite attention…

Tu le vois, ma belle, en cet instant où j'arrive une fois de plus à te décevoir, où tu me hais sans doute davantage encore que tout à l'heure, tu le vois bien, que je suis sincère ! Je t'écris pour que tu comprennes, pas spécialement pour que tu m'aimes. J'ai renoncé à ton immense amour depuis longtemps, pourquoi me serais-je cramponnée aux miettes que m'accordait ta sœur ?

Bien sûr, il y avait une autre solution. Ma vraie, ma grande erreur, est de ne pas l'avoir envisagée à l'époque. Je pense que tu me vois venir, donc j'anticipe ; d'autant que je ne compte pas passer tout ce récit à me battre la coulpe ! J'aurais pu, j'aurais dû trouver Mo. Lui confier la petite, s'il voulait d'elle, ou s'il pensait pouvoir la faire grandir dans sa famille, pourquoi pas avec son premier enfant. Le ciel doit être immense, près du lac Turkana. J'aurais pu lui offrir une aide financière – ce qui m'aurait sans doute coûté beaucoup moins cher qu'un établissement spécialisé correct. Peut-être même que s'il l'avait prise en charge, comme il en a été question bien plus tard, j'aurais pu garder un droit de visite. Dans ce cas, ce qui nous tenait lieu de ponts n'aurait pas été coupé, du moins entre elle et toi. Mais voilà : Mo, dont les apparitions ponctuelles au détour des allées du parc m'avaient fait si peur, Mo, que j'avais fusillé du regard puis menacé du geste et de la voix, Mo avait fini par renoncer, et n'avait plus pointé son nez dans mon quartier depuis longtemps. L'anniversaire des deux ans de Zora avait été la dernière occasion où j'avais entrevu sa sculpturale silhouette.

Avait-il eu peur que je le dénonce à la police ? Avait-il simplement fini par se ranger à la parole donnée, en constatant qu'aucun drame visible ne justifiait un parjure ? Quoi qu'il en soit, il ne venait plus. Donc, pour l'impliquer dans la vie de sa fille, il aurait fallu que je le recherche, le retrouve, le surprenne, le sollicite… Que je lui colle dans les bras ce bébé que je lui avais refusé, au motif qu'il ne me convenait pas ! Ma conscience (mon orgueil ?) en était incapable. Je pense pouvoir affirmer que, *si* je l'avais aperçu, *j'aurais* été capable de l'appeler et de tout lui dire – parce que la rupture du contrat dans ce cas serait venue de lui, tu comprends ? Mais je ne me sentais pas le droit (le cran ?) de lui courir après.

Durant près de deux ans, j'ai donc travaillé d'arrache-pied. Je me suis démenée. J'étais partout : dans des spots publicitaires, à la télé comme à la radio ; en photo dans les magazines. J'ai été castée pour plusieurs romans-photos navrants, pour une ou deux émissions de jeux, et même pour quelques petits rôles dans des téléfilms. Une vague notoriété s'est ensuivie, incitant certains hommes influents à m'adresser la parole (généralement au lit). Les propositions sont devenues plus ambitieuses, plus ciblées aussi : mon agent exultait, je devenais un personnage ! J'étais une femme moderne, figure-toi. Moderne, mais pas trop non plus, attention : toujours souriante, des lèvres comme du décolleté. On me faisait poser dans d'improbables tailleurs d'*executive woman* de pacotille, perchée sur des talons à donner le vertige – plus la donzelle que j'incarnais était une dominante, une prédatrice, et plus ses talons étaient hauts ! Il ne fallait pourtant pas être grand clerc pour comprendre qu'aucune femme n'aurait pu passer une vraie journée de travail là-dessus, sans parler de traquer un gibier quelconque. Mais, que veux-tu ? ces gens avaient grandi bien loin de la jungle.

Quoi qu'il en soit, le résultat plaisait. Mon personnage n'est pas devenu une star, mais il a eu sa petite gloire. Je l'habitais sans qu'il m'en coûte trop, et de moins en moins : mon ambition elle-même était devenue sexy ! Dans le milieu, on s'est aperçu que je savais un peu écrire et j'ai reçu de nouvelles offres, intéressantes dans l'optique de ma grossesse à venir. J'ai tenu une chronique bien-être dans un torchon pour vieilles idiotes, et un courrier du cœur dans un illustré pour jeunes connes. J'ai présenté la météo, en ajoutant *une touche d'humour* habilement dosée (il s'agissait de paraître encore plus nunuche qu'une miss météo authentique, *mais* en sous-entendant qu'on le faisait exprès. Idéologiquement écœurant, mais plutôt drôle à jouer).

Je mettais du fric de côté, comme prévu, et je peaufinais mon image. Mon corps n'avait pas trop souffert des deux premières grossesses (j'y avais veillé), je retrouvais un tonus musculaire qu'il me fallait entretenir pour mener à bien mon projet. Je travaillais aussi, à travers les interminables séances de pose, le contrôle de mes expressions faciales. Mes rares emplois en tant qu'actrice trouvaient rapidement leurs limites – je jouais globalement assez mal. Mais curieusement, sur image arrêtée, j'étais très convaincante ! Expressive à l'arrêt, mais pas en mouvement. Va comprendre.

Au fur et à mesure que les mois passaient, durant mes rares moments de liberté, j'affinais le Projet Clark. Il fallait que je contrôle tout, à commencer par le choix d'un père, en excluant cette fois le moindre risque de le voir s'immiscer dans la suite de l'histoire. Mon travail et mon projet m'absorbaient presque entièrement ; même lorsque j'étais avec vous, je n'étais plus là. Je regardais à travers vous. Un peu comme ta sœur, finalement. C'est grâce à la nounou suisse que tu n'en as pas trop souffert à l'époque. Elle me faisait gravement la gueule ! Elle qui m'avait connue mère poule, passionnément dévouée, me voyait à présent… eh bien, elle ne me voyait plus beaucoup, justement. Et si je parvenais encore à afficher un sourire poli pendant qu'elle me parlait de vous, je montrais bien vite des signes d'impatience quand le bilan durait plus d'une minute. Elle ne pouvait que faire le lien entre ce changement radical et la révélation du handicap de la petite : je suppose qu'au départ elle a dû voir dans mes absences une tentative de fuir une réalité trop cruelle en m'absorbant dans le travail. Durant les premiers mois, elle n'a été que compassion. Puis sont venus les petites remarques, les reproches délicats, les avertissements. Rien n'y faisait, je bottais en touche. Elle n'y comprenait rien. Étais-je un monstre, pour *lâcher* ainsi ma fille handicapée ? Cela devait la troubler d'autant plus qu'à présent je lui demandais de rester jusqu'au soir, de sorte qu'elle s'occupait aussi de toi : elle voyait bien que tu n'étais pas mieux lotie que ta sœur…

Je ne saurais pas trop évaluer à quel moment précis elle s'est mise à me détester. Elle était si pleine de tact, et moi si peu attentive… Mais lorsque j'ai été contrainte de remarquer ce qu'elle ressentait, c'est devenu une chose assez curieuse de côtoyer dans ma propre maison une femme qui me haïssait tant, et de voir mes filles – ou du moins l'une de mes filles – l'aimer à ce point. Et chercher auprès d'elle l'attention que je n'offrais plus. Bien que ç'ait été incongru, j'étais prête à accepter cette présence hostile : j'avais toute confiance en cette femme, d'autant plus, peut-être, qu'elle prenait fait et cause pour vous. Son salaire était confortable, mais je ne doutais pas qu'elle puisse gagner autant ailleurs. C'était par affection pour vous qu'elle supportait nos relations, qui lui coûtaient bien plus qu'à moi.

C'est tout de même elle qui est partie, au bout du compte. L'annonce de ma grossesse a été la goutte d'eau. Me voir si rayonnante à l'idée de porter un autre bébé, alors que je prenais à peine le temps de faire une bise aux deux aînées, les rares soirs où je rentrais avant qu'elles dorment ! Comment aurait-elle pu comprendre ? Ou même supporter, à défaut de comprendre ? J'ai vu son visage se durcir encore, et elle est sortie sans un mot de la pièce. Elle est passée vous embrasser, vous murmurer je ne sais quoi à l'oreille – tu as dû savoir avant moi que tu ne la reverrais pas, car je t'ai entendue pleurer, cette nuit-là. Et elle est sortie, sans un mot. J'ai trouvé dans la boîte le lendemain matin sa lettre de démission, avec calcul des frais qui restaient à ma charge, à supposer que je ne la poursuive pas pour rupture de contrat – ce que je n'ai pas fait. Je t'ai posée à l'école, et je suis partie travailler, avec Zora sous le bras. Je n'avais que trois mois à tenir avant de prendre mon congé, c'était jouable.

J'ai su par le personnel de la garderie qu'elle avait appelé le soir, pour vérifier que j'étais passée te chercher.

Joseph & Jo

Autant te prévenir tout de suite, je ne voudrais pas que tu sois déçue : je ne te dirai pas qui est le père de Clark. Je vais te parler de lui, bien entendu – il joue tout de même un rôle dans cette histoire ! Mais je ne te donnerai pas son vrai nom, ni aucun indice qui risquerait de te mettre sur sa piste. Tu en déduis que tout ce que croit savoir ton frère est un ramassis de foutaises ? Tu n'as pas tort.

Non, le père de Clark n'est pas Jose Díaz de la Cruz, téméraire champion des peuples opprimés du Chiapas ; et non – tu me vois venir – il n'est pas mort. Du moins, pas que je sache. Je n'ai pas eu de ses nouvelles depuis quinze ans, et je ne compte pas en prendre, ni te laisser le faire. Je n'ai pas ménagé mes efforts pour dégoter à Clark le père dont je rêvais, mais j'ai eu plus de mal encore à créer sa légende – le père dont il pourrait rêver. Si tu y réfléchis posément, tu conviendras sans doute, malgré toute ta rancœur, qu'arracher à ton frère le fantasme de ses origines pour lui substituer une filiation des plus banales serait d'une rare brutalité. Quand bien même ce serait possible, ce dont je doute.

J'ai conçu la légende avant de trouver l'homme, figure-toi. Je ne suis pas partie d'une origine ethnique précise, cette fois ; il me fallait juste un figurant pour le rôle que j'avais en tête. J'ai repris un peu les mêmes ingrédients que pour mon guerrier maasaï (les pères de légende ne sont que des variations sur une fonction éternelle). Je voulais une forme de noblesse (sans trop insister non plus sur la qualité du sang : c'est un peu réactionnaire, bien que toujours efficace !), de la puissance et de la rébellion, beaucoup d'altruisme. Un martyr, donc. Un révolutionnaire. Les Amériques me sont apparues riches de possibles destins de cette trempe. J'ai d'abord pensé à un farouche Amérindien des bords de l'Amazone, survivant irréductible d'un peuple décimé, aux prises avec la déforestation massive et les orpailleurs clandestins, mais la posture de victime me semblait excessive. Sans compter que ce modèle était difficile à trouver en région parisienne, surtout dans les grandes tailles (l'Occident n'est pas forcément prêt à accueillir un petit héros).

J'ai donc inventé Jose Díaz de la Cruz, le héros zapatiste tombé sous les balles des « gardes blancs » à la solde des grands propriétaires terriens, complaisamment armés et financés par un gouvernement ravi de leur déléguer la contre-insurrection. J'ai imaginé son parcours, ses tentatives pour dénoncer la corruption des élites en place, les menaces, l'exil, son assassinat alors qu'il tentait d'éviter un bain de sang de plus dans un village tzotzile… J'ai collecté des photos d'époque – celles que tu as pu voir dans le sous-verre de la chambre de Clark – grâce à des journalistes de ma connaissance ; il me fallait des clichés un peu flous, dont j'étais sûre qu'il ne risquerait jamais de les voir apparaître en ligne. J'ai détruit les fichiers, après impression.

Tu noteras la forte connotation religieuse du nom que je lui ai donné. Ce n'est pas un hasard – presque rien dans cette histoire n'en est un, du moins j'aime à le croire. Il ne s'agissait pas seulement de faire couleur locale. Je voulais que le nom de Joseph résonne, implicitement, dans sa connotation biblique : être le fils de Joseph ne veut pas forcément dire qu'on ne soit *que* le fils de Joseph. J'ai même poussé le parallèle jusqu'à décider que le fameux Jose aurait été au départ menuisier – je n'ai pas osé m'approcher davantage. Ce qui n'était dans mon esprit qu'un parallèle fumeux s'est bientôt imposé comme une évidence : le Messie n'est-il pas le héros par excellence ?

Je n'étais pas tellement portée sur le religieux, mon éducation m'ayant protégée de ce type de spéculations hasardeuses, mais l'époque semblait barboter avec frénésie dans le grand bain spirituel et trempouiller béatement dans un bouillon de mysticisme. Partout on remettait en cause de la loi de 1905, on explorait les supposées limites de la laïcité… On n'entendait plus que cela, sur fond de guerres à nouveau dites *de religion*. On m'avait pourtant appris jadis, à la maison comme à l'école, que dans les fameuses guerres de religion l'idéologie ne servait qu'à couvrir, avec plus ou moins de succès, de banals enjeux de pouvoir et autres convoitises matérielles ; mais cette grille d'analyse, qui paraissait pourtant s'appliquer à la plupart des conflits actuels, avait dû perdre de son charme. Les médias disséquaient avec passion les nuances supposées entre telle et telle secte, qu'il s'agisse de commenter un raid aérien au Proche-Orient ou les élections américaines.

Il fallait peut-être en conclure, bien que là n'ait pas été ma pente naturelle, que le super-héros de demain devait être épaulé par un dieu s'il voulait emporter l'adhésion des foules, l'essence divine étant le seul super-pouvoir que ses contemporains daigneraient lui reconnaître.

Ce sont là, je te l'avoue, des justifications *a posteriori*. C'est d'ailleurs la limite de cette histoire, que je te donne pour vraie : j'ai toute conscience que cette vérité n'est que la mienne. Si je veux – et je le veux – être objective, on peut aussi considérer que j'ai moi-même traversé, à l'époque de la conception (fictive) de Jose et de celle (concrète) de Clark, une sorte de crise mystique. Ou du moins ce qui pouvait m'en tenir lieu, dans la limite des défenses mises en place par tes grands-parents. Je suis obligée d'accepter cette lecture, puisque j'ai tout de même failli demander le baptême, alors que je venais de tomber enceinte. J'ai écarté l'idée, attention ! Mais après l'avoir considérée quelques semaines. Cette pulsion n'était pourtant défendable par aucun argument logique : ayant affublé la figure paternelle choisie d'une aura chrétienne, il était plus important que jamais que je me tienne hors de toute Église, pour rééquilibrer le discours et ne pas coincer le héros, dès sa naissance, dans une posture sectaire clivante.

Alors pourquoi ? La culpabilité que la Suissesse m'avait aidée à ressentir ne doit pas y être étrangère. Toujours est-il que je n'ai pas cédé, bien que j'aie su que j'aurais un jour à affronter le sujet. Il me paraissait peu probable que les héros à venir puissent s'offrir le luxe de ne pas se positionner, mais j'ai réussi à me freiner, et à reporter le débat.

Je m'égare : j'étais censée te présenter (dans les grandes lignes et à distance) le père de Clark. Par lequel commencer ? Le biologique, ou le fictif ? Tu es sans doute plus curieuse du premier, dont tu ne sais rien, mais il me semble illégitime de l'introduire d'abord, car il n'est, en somme, que l'enveloppe charnelle de l'idée de l'autre. Rassure-toi, j'y viendrai vite.

Le père de légende, Jose Díaz de la Cruz, tu le connais déjà, pour m'avoir entendue souvent vous bercer, ton frère et toi, des récits de ses exploits et de sa destinée tragique. Je ne doute pas que tu connaisses son histoire sur le bout des doigts, aussi bien que ton frère, car tu m'as écoutée avec la même avidité – tu étais si heureuse de profiter de ces moments ! Je te répétais à l'envi que tu l'avais connu, je te poussais à creuser ta mémoire pour évoquer ses traits (photos à l'appui), et j'ai fini par t'en convaincre. C'est pourquoi il ne me reste aujourd'hui que cette chose à t'en dire : Jose n'existe pas, n'a jamais existé. Tu n'as jamais ne serait-ce qu'entrevu l'homme que j'ai chargé de le représenter sur cette terre. Oh, tu as des souvenirs précis de lui ! Un visage, et même une voix. Une belle voix grave, profonde et rocailleuse, avec un accent rond et chaud. Qui te fredonnait des mélodies révolutionnaires. Tu t'en souviens, n'est-ce pas ? Ne le nie pas : tu me l'as dit souvent. Pourtant, il n'en est rien. J'ai fabriqué ces souvenirs de toutes pièces, ma chérie ; ce que tu m'as vu faire à ton frère par la suite, ce qui t'a tant choquée, je te l'ai fait à toi aussi. Des implants de souvenirs, de la greffe mémorielle… C'est si simple, sur de jeunes enfants. Quelques enregistrements de chants cubains *a cappella* passés en boucle durant ton sommeil, des descriptions précises, et beaucoup, beaucoup de récits.

Des récits auxquels tu apportais parfois ta pierre, d'ailleurs. J'ai gardé plusieurs de tes idées, qui me plaisaient, et surtout enthousiasmaient Clark. Un exemple ? C'est de toi que vient la flûte ! Tu sais, la flûte en os que Jose avait toujours dans sa poche… Je ne sais pas trop de quel bouquin (ou dessin animé) tu as sorti cette fameuse flûte, mais le fait est que c'est toi seule qui l'as fourrée dans la poche de mon personnage ! Tu connais donc Jose mieux que ton frère : tu m'as aidée à l'inventer.

Quant à l'autre… Appelons-le Jo, tu veux ? Jo pour John Doe, comme l'inconnu des morgues, dans les séries américaines. Pas que je souhaite sa mort, je n'irai pas si loin ! Je ne lui souhaite rien du tout, à vrai dire. Disons que je m'en contrefous. Ne me juge pas trop vite, sur ce coup-là : j'ai mes raisons.

Je cherchais fébrilement un sportif, cette fois. Durant ma première quête, celle qui m'avait conduite à Mo, j'avais déjà à l'esprit que les performances physiques pouvaient avoir une dimension héréditaire, mais dégoter un guerrier maasaï médaillé relevait de la gageure ; et puis il me semblait que la performance sportive gratuite, mesurée lors d'épreuves arbitraires, telle que nous la concevons chez nous, était moins noble et moins utile – dans l'optique de confrontations et d'aventures réelles – que ne le serait un corps sculpté par de véritables efforts et de rudes conditions de vie. J'avais donc recherché un guerrier plausible, au corps musclé, sec et nerveux.

Dans cette seconde tentative, j'avais décidé que l'esthétique prendrait le pas sur l'ethnique : je voulais un corps performant, qui impressionnerait le public par sa seule allure. Je ne conservais de ma réflexion sur l'origine que la nécessité d'un métissage, mais l'idéal me semblait être un métissage de longue date, aboutissant à une figure consensuelle, dans laquelle chacun pourrait se projeter sans trop d'efforts. La vogue des stars latinos, basanées juste ce qu'il faut, me semblait être un bon indicateur. Je voulais donc, en résumé, du cuivré à muscles saillants. J'ai d'abord pensé à l'athlétisme, mais j'ai vite compris que les épreuves de natation m'offraient un vivier plus intéressant : les corps y étaient apparents, visibles dans le cadre d'efforts intenses, de recherche de vitesse ainsi que d'endurance. Je suis devenue férue de ce type de compétitions. À l'issue de celles-ci, sous le prétexte d'interviewer sportifs et entraîneurs en vue d'une émission de radio inventée de toutes pièces, je m'arrangeais pour recueillir des informations sur la vie et les mœurs des athlètes dont l'apparence m'avait séduite.

Mon choix s'est donc porté sur Jo, dans un contexte dont je ne te révélerai aucun détail. Ni le lieu, ni le niveau de la compétition. J'ai trop d'estime pour tes facultés de déduction, et trop peu pour ce qui te tient lieu de bon sens. Si je te lâche l'ombre d'une piste, tu la suivras, n'est-ce pas ? Même quand tu auras lu ce qui suit, si ça se trouve. Non, je ne prendrai pas le risque.

Ce qu'il te suffit de savoir, c'est que l'interview bidon de l'entraîneur de Jo m'avait appris que ce corps magnifique était doté d'un cerveau en très bon état de marche. Il m'avait vanté, au premier chef, le sérieux et la constance dans l'effort de son poulain, puis avait mentionné une scolarité remarquable et des capacités intellectuelles hors norme. Le jeune nageur avait su mener de front, à la demande de sa famille, des études universitaires ambitieuses et des débuts prometteurs dans la compétition – je ne t'en dirai pas plus. Comme tu le sais, je n'ai jamais été convaincue que ces qualités-là soient héréditaires; mais, en somme, ce bagage ne pouvait pas nuire.

À l'issue de la dernière rencontre de la saison, j'ai arrangé un rendez-vous avec l'entraîneur enthousiaste, prétendument pour enregistrer un portrait plus complet de son poulain. Un traquenard de compétition, je te prie de le croire. J'avais expliqué qu'il me fallait un week-end complet pour apprendre à le connaître, afin de le présenter fidèlement aux auditeurs. C'était comme ça que je travaillais. Deux nuits dans un adorable hôtel de charme en pleine cambrousse, le tout aux frais de la radio, bien entendu. Tout était calculé : les dates (surtout les dates !), le cadre, le menu, l'entrée en matière, mes sous-vêtements. Imparable.

Je pense que peu d'hommes, à l'époque, auraient réussi à décliner une invitation à s'enfermer deux jours dans un lit avec moi. Jo était, de surcroît, célibataire. (Ce n'était pas à mes yeux un critère essentiel. C'était, plus exactement, à double tranchant : un célibataire paraissait plus facile à prendre, mais un homme adultère risquait moins d'être tenté de me courir après par la suite.) Le jour dit, il n'a pas opposé la moindre résistance, tout au plus semblait-il un peu déstabilisé de ne pas être à l'initiative de la manœuvre – je n'avais pas de temps à perdre à sauver quelque apparence que ce soit. Le personnage de la nymphomane insatiable était le plus facile à endosser, et le plus approprié à une visée de fécondation dans les meilleurs délais.

L'affaire est donc allée très vite, et ce n'est que vers deux heures du matin, donc bien trop tard pour faire machine arrière, que j'ai eu la cruelle confirmation de ce que quelques indices m'avaient laissé pressentir. Une myriade d'indices, en vérité ! Dessinant à grands traits une évidence qui aurait dû me crever l'œil. Mais que je n'avais pas voulu voir, pas voulu décoder, par peur de compromettre un si beau plan… Le beau Jo, le croiras-tu ? Jo le médaillé, Jo le diplômé, Jo le gendre idéal ! Jo, à l'usage, s'avérait être un vrai connard. Tu imagines la tuile ?!

Pas un benêt, non, pas même un abruti – il n'avait pas cette excuse-là. Aucune méchante fée ne s'était penchée sur son berceau pour parasiter ses synapses, ni entraver sa comprenette. Aucune mère irresponsable ne l'avait imbibé d'alcool *in utero*, ni de télévision *ex utero*. Aucune misère sociale ou culturelle, aucun désir de revanche, aucune haine de soi n'avait légitimement pu l'habiter dans son enfance, occultant la face lumineuse du monde et altérant son jugement. Vu de tout près comme du haut des gradins, son cerveau, à l'instar de son corps de rêve, semblait en parfait état de marche. Ce n'en était pas moins, je l'affirme haut et fort, un vrai connard.

En l'espace d'un week-end, malgré mes tentatives pour parler le moins possible, j'ai su tout ce que je ne voulais pas savoir. Son mépris des femmes et de leurs désirs, d'abord – je me suis pris celui-là en pleine figure, si j'ose dire. Sans entrer dans les détails, j'ai vécu un cauchemar entre les pattes de ce sale type. Et puis le reste. Son arrogance, son cynisme, ses fantasmes joyeusement fascisants, sur le plan politique comme sur le plan sexuel. Une véritable ordure.

J'ai failli me sauver, la première nuit, en profitant d'un moment où il était allé se contempler dans le miroir de la salle de bains. Je mourais à présent d'angoisse, à l'idée de porter un enfant de lui. Je me disais que je ne pouvais pas vouloir une chose pareille, vouloir aider une telle engeance à se reproduire ! Dans le même temps, je tentais de me rassurer : mon enfant ne connaîtrait jamais cet homme, il ne serait pas contaminé par ses discours infects. Être mauvais comme la gale n'était pas une tare héréditaire, on n'était pas connard de père en fils ! Je pensais aux théories de Rousseau, d'Érasme, de Maria Montessori, à tout ce à quoi je pouvais me raccrocher pour me consoler de cet épouvantable choix, pour oublier la douleur et la honte qui me cuisaient à point, et au-delà.

Je n'ai pas vraiment réussi, mais j'ai tenu bon. Les plus longues nuits de mon existence, assurément : pour ce qui est d'être conçu dans la douleur, on peut dire que ton frère a eu sa dose. L'accouchement n'a pas été drôle non plus, mais j'ose affirmer que j'en ai un moins mauvais souvenir.

Tu comprends, maintenant ? Il ne faut pas qu'il sache. Ce serait trop moche. Avoue que mon Jose Díaz de la Cruz a tout de même plus d'allure !

Sonnez, hautbois

J'ai su que Clark serait un homme à peine trois mois plus tard ; on me l'a dit dès la première échographie. Ma surprise a été totale, doublée, comme je te l'ai dit, d'un véritable malaise. J'étais prête à faire passer le héros avant mes autres enfants, au nom d'une nécessité impérieuse, découlant d'un projet singulier ! Tandis que faire passer *mon fils* avant *mes filles* ressemblait fâcheusement à ce qui se pratique encore, plus ou moins consciemment, dans beaucoup de milieux.

C'est en faisant péniblement le deuil de l'héroïne – j'ai tout de même demandé confirmation lors des deux échographies suivantes – que j'ai pris conscience qu'une Messie n'aurait sans doute pas fait recette. Ce sont les femmes qui portent la foi, chez nous, et elles ne savent pas s'adorer. J'ai digéré cette évidence, choisi le prénom, et tricoté la cape.

Je me suis sentie solide et forte tout au long de cette nouvelle grossesse – malgré un moment de flottement, quand la Suissesse m'a laissée choir. Pourtant, j'avais moins de raisons de l'être : à côté de l'indiscutable réussite que tu t'obstinais à incarner, malgré mon maigre investissement, j'avais sous les yeux ma Zora pour me rappeler que l'échec était possible, et parfois imparable. Mais aucun doute ne venait altérer mon optimisme. Peut-être parce que celui-ci n'était pas le fruit d'un état d'âme, mais bien de ma volonté : croire en ce bébé était un ingrédient de la recette, et je l'estimais indispensable. Pour le reste, j'ai globalement suivi les mêmes principes que la fois précédente, en adaptant mon hygiène alimentaire aux goûts du jour – c'est fou comme ces modes-là changent vite !

J'ai tout de même peaufiné les détails, ajouté quelques fioritures. C'est l'épisode de la naissance proprement dite qui m'a demandé le plus de boulot, et surtout de discipline. J'ai tenu à ce qu'il soit mémorable : une véritable naissance de héros, digne de fournir le chapitre adéquat à sa future légende. Mais comment m'y prendre ? La mise au monde d'un troisième enfant n'ayant, en soi, rien de spectaculaire, il me fallait faire un effort de mise en scène. J'ai donc résolu d'accoucher d'une fiction.

Avant même d'avoir ficelé le plan, je savais qu'il serait aléatoire, et plutôt coton à mettre en œuvre. Il fallait, en premier lieu, que ma grossesse aille pratiquement jusqu'à son terme, pour ne pas porter préjudice au môme – j'ai eu la chance que ce soit le cas, mais cette incertitude m'a pesé jusqu'au bout. Ensuite, pour que l'accouchement se déclenche au moment précis où je le choisirais, il fallait que j'aie le nécessaire à la maison, c'est-à-dire que je me procure des capsules de prostaglandines et de l'ocytocine. Pas vraiment les produits phares du marché noir de l'automédication. J'en ai trouvé, bien sûr – tout se trouve. J'ai eu un moment de regret, d'ailleurs, à l'idée que le charmant obstétricien kabyle qui me les a fournies aurait fait un très chouette père de héros ! Mais il n'était plus temps.

Restait la vraie difficulté : concevoir une manip' dont les ficelles puissent être tirées depuis une salle de travail, par la parturiente, à l'insu de l'équipe médicale. Pas simple.

La date du déclenchement s'imposait : en parcourant le site de l'observatoire astronomique, à la recherche d'un passage de météorite quelconque, j'avais découvert qu'une semaine avant le terme était prévue l'une de ces magnifiques éclipses qu'on appelle lunes de sang. Pas question de rater une opportunité pareille, tu te rends compte ?! *Le Fils de la Lune de Sang !* Tu m'objecteras peut-être que l'on ne descend pas de la Lune comme on chevauche une queue de comète, mais mettre en scène une véritable origine extraterrestre suppose un budget hollywoodien, avec le risque d'exposer l'enfant au ridicule. Je n'aurais pas aimé que ses copains d'école l'appellent Roswell ! Se foutre de la gueule du Fils de la Lune de Sang semblait plus téméraire.

Je me doutais que la fenêtre de tir serait étroite : l'accouchement de Zora avait été compliqué, mais pas spécialement long ; donc pour un troisième bébé – avec le traitement, de surcroît – les choses iraient sans doute très vite. Il fallait que l'événement, bien que bref, soit intense, visuel, édifiant… J'avais en tête un feu d'artifice sur fond de lune rousse, celle de la chanson d'Higelin, *Champagne !* Tu t'en souviens ? *Saisi d'une sainte frousse, tout le commun des mortels croit voir le diable à ses trousses…* Quelque chose d'approchant, qui ait l'allure d'un phénomène naturel. Enfin, pas vraiment naturel ; naturel sans être naturel. Surnaturel, quoi.

Me croiras-tu, si je te dis que j'ai dégoté, dans une tour de l'avenue de Choisy, un improbable artificier-rebouteux-traiteur de Taïwan, qui m'a bricolé une machinerie sur mesure ? Non ? Tu auras bien raison. J'ai fait affaire avec un petit intermittent, technicien de régie et passionné d'effets spéciaux, rencontré sur le tournage d'un spot plutôt joli. Organiser un coup de ce genre était aussi gonflé de sa part que de la mienne, en ces temps de psychose et de Vigipirate ! Mais mon idée lui plaisait, artistiquement parlant. Je ne lui ai pas parlé du projet, bien qu'il ait été l'une des rares personnes croisées sur ma route qui auraient pu le comprendre. Je n'ai exposé que ma volonté d'associer la naissance du bébé à un phénomène extraordinaire. J'ai prétexté l'intention d'en mettre plein les yeux au père, supposé timoré et affreusement superstitieux, afin de le pousser à reconnaître l'enfant.

Pour que le spectacle ait de la gueule, il me fallait un site adapté, peu éclairé et silencieux – si j'avais lancé l'opération en plein Paris, personne n'aurait rien remarqué. Mon agent avait une bicoque près de Lamballe, une maison de famille en déshérence qui lui servait parfois de garçonnière ; j'ai donc prévu d'aller y passer quelque temps et d'accoucher à Saint-Brieuc. Je vous ai emmenées là-bas, tu dois t'en souvenir. Une charmante dame du voisinage m'avait été recommandée, qui vous a prises en charge de A à Z, et le ménage avec. J'avais dépeint ma grossesse comme nettement plus pénible qu'elle ne l'était, et cette brave femme était obsédée par l'idée de m'éviter toute fatigue. Elle a trouvé tout naturel que vous alliez dormir chez elle la dernière semaine. Je me demande même si l'idée n'est pas venue d'elle. En tout cas, c'était une aubaine.

J'avais longuement planché sur le scénario. Je voulais que le résultat ait une connotation mystique, mais pas spécifiquement liée à une religion précise. Un signe de Dieu, de n'importe quel Dieu, ou pourquoi pas des Dieux. L'équivalent positif d'une pluie de sauterelles. J'ai envisagé un lâcher de colombes, mais le pigeonnier n'était pas un accessoire discret ! J'aurais pu endormir les oiseaux pour les déposer libres dans un coin peu accessible, sur le toit de l'hôpital, par exemple ; mais en se réveillant groggy, ils se seraient sans doute cassé la gueule. En guise de signe du destin, un écrasé de pigeons sur la pelouse n'aurait pas fait mon affaire.

J'ai imaginé ensuite un système de cage télécommandée, pour un animal isolé, mais vraiment beau et rare : un cygne qui se poserait sur la fenêtre ? Ou un albatros, plus exotique et baudelairien ? À voir, mais cela ne pouvait suffire. Je voulais un cygne/signe à l'intérieur et, pour l'extérieur, un phénomène céleste quelconque. Un genre de flash lumineux éblouissant, pourquoi pas en couleur, à condition que ce ne soit pas trop *cheap*. Pour le son, j'ai cherché du côté des chants de baleine et de l'électro planante : un son unique, très pur et cristallin, de type nappe de clavier. Pas trop années quatre-vingt, si possible, et qui ne dure pas assez longtemps pour qu'on en détecte la provenance.

J'avais envie que du brouillard se répande dans les couloirs, mais une machine à fumée aurait déclenché les alarmes, et risqué d'entraîner une vraie panique. J'ai découvert en fouinant sur le Net qu'il existait des diffuseurs industriels de parfum par compresseur, sans aérosol, donc sans humidité : un tel engin me permettrait de répandre, à défaut de fumée, un parfum d'encens dans la maternité.

Nous avons finalement opté pour trois dispositifs, que j'ai mis en place au cours des quarante-huit heures qui ont précédé l'accouchement. Mon intermittent s'était occupé de préparer le matériel, mais je n'avais pas voulu qu'il vienne sur place, de peur qu'il ne s'implique trop, et surtout qu'il ne tique sur l'absence du père putatif. Je ne l'ai donc rencontré qu'en région parisienne. Pour le son, nous avions la fameuse nappe cristalline, qui devait accompagner une unique fusée destinée à produire le flash, ainsi qu'une détonation sèche. Nappe, flash, boum. Cinq secondes au total, aucun moyen pour quiconque de repérer la provenance du son. Le matériel était dissimulé dans une zone en friche voisine de l'hôpital, au milieu des ajoncs. Pour y avoir crapahuté laborieusement avec mon énorme bide, j'étais bien placée pour savoir qu'elle était difficile d'accès, et qu'aucun individu sensé n'aurait l'idée d'y foutre les pieds par hasard.

Étape deux : juste après la détonation, j'actionnerais le diffuseur de parfum industriel – l'élément le plus risqué de mon plan, puisqu'il avait fallu planquer l'objet dans le service obstétrique, ce que j'avais accompli à l'occasion d'une consultation avec les sages-femmes. J'avais fantasmé sur une planque à l'américaine, derrière je ne sais quelle grille d'aération dans le plafond des toilettes, tu vois ? Ces grilles lourdes, mais jamais serties, qui permettent de dissimuler une arme ou du pognon dans les séries, et par lesquelles les héros minces s'évadent en rampant dans de gros tuyaux ! J'avais même prévu plusieurs tournevis à cet effet. Mais je n'ai rien trouvé d'approchant. Alors j'ai bêtement laissé l'objet dans un carton, sur le dessus d'une armoire à produits d'entretien, dans le petit local jouxtant les sanitaires. Un carton fermé, anodin, scotché, avec une étiquette illisible. La meilleure planque du monde, réflexion faite.

Quant à l'oiseau… pfff… Il m'en aura fait baver, cet oiseau ! Pas moyen de trouver un albatros, et les cygnes sont de vraies saloperies. L'infecte bestiole que j'avais eu tant de mal à récupérer aura passé deux jours dans le garage, avant que je ne craque complètement. Tant qu'elle était en cage, cette charogne de cygne couinait à perdre haleine, y compris au milieu de la nuit ; et quand j'ai tenté de l'en sortir, je me suis fait agresser ! En tentant de remettre le démon en place, j'ai eu droit à trois hématomes aux mollets et à une sale plaie au pouce droit, qui a bien failli s'infecter. Je l'ai finalement évacué du garage au moyen d'un râteau, après avoir sérieusement envisagé de me servir dudit râteau pour lui clouer le bec, au sens propre. *Exit* le cygne/signe du destin : premier accroc de mon admirable plan, et pas le dernier.

Ce fut un sacré fiasco, au bout du compte ! Mais sans regret. Je n'ai convaincu qu'une seule spectatrice, celle qui comptait vraiment. Je t'explique.

Le six juin, en début de soirée, je m'injecte le traitement déclencheur. Je me dirige tout de suite vers l'hôpital histoire de ne pas me laisser surprendre, et dès que les contractions commencent, vers vingt heures, je sors de ma voiture et je me rends dans le service. Je me comporte bizarrement, j'évoque une foule de sensations étranges, pour tenter d'attiser l'intérêt de l'équipe, mais tu parles ! Elles en ont vu d'autres. D'autant que ce soir, coup de guigne dans ce service plus que pépère, je suis en concurrence avec pas mal d'autres pondeuses, dont au moins une grossesse gémellaire, et quelques complications. Je m'arrange tout de même pour que personne n'ignore la lune de sang : de ce côté, pas de difficulté. J'entends même que l'on cause, dans le couloir, d'une possible corrélation avec cette affluence inhabituelle.

L'accouchement se présente bien. Je me laisse trimballer en affichant (tant que j'y arrive) une sorte de sérénité de Madone (sachant que la sérénité de Madone, pendant une contraction, demande un putain de self-control, tu dois le savoir). Je veille à ce que mon sac à main ne me quitte pas, ce qui heureusement semble légitime à tout le monde. J'y ai glissé les deux télécommandes dont j'aurai besoin par la suite.

À l'approche du moment fatidique, je me rends bien compte que les conditions ne sont pas optimales. Le ciel, qu'on nous promettait clair, ne comporte en effet qu'un unique nuage élevé ; hélas, d'après l'aide-soignante postée près de la fenêtre, ce cirrus débile a choisi mon créneau pour cacher la lune. Autre difficulté, seule l'aide-soignante en question s'intéresse vraiment à mon cas. Les deux sages-femmes sont débordées et courent dans tous les sens. Celle qui s'y colle quand mon bébé arrive est charmante, mais je la sens distraite : très inquiète de l'accouchement compliqué qui va suivre, elle a déjà du mal à se concentrer sur moi ; autant dire que la lune l'intéresse peu. Dès que le bébé est dehors, elle passe le relais et sort en courant, au moment même où j'actionne mes télécommandes. Ni elle ni sa collègue ne verront rien de mon flash lumineux (ni n'entendront la nappe), depuis l'ascenseur qui descend l'infortunée Complication vers la chirurgie et les soins intensifs.

Restent les aides-soignantes, qui tentent de gérer la panique. L'une d'elles, au moins, aura vu et entendu quelque chose, puisqu'elle s'exclame : « *Merde, y a de l'orage, et j'ai tout mon linge dehors !* » Maigre résultat. Une autre aura senti, comme elle le dira le lendemain au correspondant local de *Ouest-France*, une odeur de brûlé dans le couloir. On supposera qu'un curieux petit orage, mentionné par plusieurs témoins, a fait griller un ou deux plombs ; mais on ne trouvera rien.

Voilà à quoi se sera réduit mon miracle : un petit éclair dans un ciel serein et le fantôme d'un plomb fondu, sur une demi-colonne consacrée aux « *Nombreuses naissances à l'hôpital de Saint-Brieuc durant cette nuit de pleine lune : faut-il croire aux anciennes légendes ?* »

Et pourtant, quoi qu'en dise la presse, le miracle a bien eu lieu. Si seulement le type de *Ouest-France* était venu me voir, j'aurais pu le lui dire ! Moi, j'ai vu le flash lumineux ! Moi, j'ai entendu le chant des sphères couvrir mon dernier gémissement ! Et le nuage là-haut s'est écarté, et j'ai senti le parfum de l'encens effleurer mes narines, à l'instant même où l'aide-soignante revenait pour me tendre mon fils magnifique, mon fils adoré, mon Fils de la Lune de Sang ! Il était chaud, vivant, solide ; son teint légèrement cyanosé donnait au cuivre de sa peau le vert-de-gris des statues. Il avait faim. Il s'est goinfré de moi, il m'a fait mal, j'ai vu ses poings se serrer et ses mollets se tendre. Il était mon héros, avide, prêt au combat. Il respirait la gloire de tous ses petits poumons. Il était mon signe, mon oiseau rare ; le flash émanait de ses yeux, le cristal de sa gorge. Il était mon dispositif, ma machine de guerre, celle qui ne pourrait pas faillir.

J'ai compris le défaut de mon plan : c'est que je n'étais pas l'héroïne.

La voie du samouraï

J'ai dormi comme une souche cette nuit-là, entre deux tétées. La brave voisine, que j'avais omis de prévenir de mon départ pour la maternité, a déduit de mon absence qu'elle m'y trouverait et vous a fait venir à mon chevet le lendemain. Quand je dis que mon miracle n'a eu qu'un seul témoin, je noircis le tableau : tous ceux qui se penchaient sur ce bébé l'admiraient dans l'instant. Ils avaient déjà sur les lèvres une extase de commande en passant la porte, bien sûr, l'extase forcée due à la jeune maman, quand bien même l'enfant serait un monstre ; mais en avisant Clark, l'extase forcée quittait leurs yeux, dans lesquels je sentais se peindre un respect authentique. Notre voisine a simplement hoché la tête, et ce hochement de matrone était riche d'une expertise immémoriale. Tu as poussé un cri d'oiseau, un cri flûté de joie qui a fait tressaillir ensemble Zora et ton frère. Toujours ta voix, cette puissance de ta voix… Tu aurais dû chanter, tu sais. Je te l'ai dit souvent. Sans doute pas quand je l'aurais dû.

Vous n'êtes restées que quelques minutes. En voyant cette femme si solide et belle vous reconduire vers sa ferme, j'ai regretté de ne pas pouvoir vous y laisser. J'ai bien songé à monter un bateau dans ce sens, pour justifier l'injustifiable, mais j'y ai renoncé – trop alambiqué. Pas dans mes moyens. J'ai passé les jours qui ont suivi absorbée par mon superbe fils, puis une semaine encore à profiter de l'air marin, et nous sommes rentrés à Paris.

J'ai immédiatement enclenché la première étape du projet, fruit d'une vaste prise de tête. Comment faire d'un nouveau-né un héros, ou, à tout le moins, une larve de héros ? Tiens, toi qui étais si forte en philo, hop ! dissertation :

« L'héroïsme a-t-il un sens en dehors du langage ? Un héros peut-il exister sans un mot qui le désigne ? »

Pas simple. Si tu y regardes de près, seuls les humains sont des héros, tout au moins aux yeux des humains. On ne reconnaît les bêtes comme héroïques que quand elles sont assez dénaturées pour sauver les hommes. Si une bestiole se met en danger pour sauver ses propres petits, on met l'affaire sur le compte de l'instinct. Et si c'est un machin plein de pattes, qui sacrifie sa vie pour sauver sa ruche ou sa fourmilière, crois-tu qu'on lui coudrait un ruban rouge à sa taille ? Que dalle ! On plaint la pauvre chose de manquer à ce point de libre arbitre. Pour avoir le statut de héros, il faut le discours qui va avec. Un discours privé, pour commencer ; que la collectivité reprendra progressivement à son compte, quand elle prendra conscience de ce qu'elle doit au gus en question.

Une larve de héros, donc. Des cellules souches. J'ai d'abord eu à cœur de climatiser Clark. J'entends par là de lui permettre d'expérimenter très tôt une grande amplitude thermique, ainsi que des conditions d'hygrométrie variées, afin que ses possibilités d'action ne soient pas limitées aux zones tempérées. Si tu avais su ce que je faisais à l'époque, tu n'aurais pas attendu l'adolescence pour pousser les hauts cris. J'y suis allée fort, je l'avoue. Je l'ai exposé graduellement à la chaleur humide et à la chaleur sèche, puis au froid sec, et enfin au froid humide. Jour après jour, je poussais le curseur. Après avoir travaillé chaque climat séparément, je me suis mise à alterner brusquement les phases, pour développer ses capacités d'adaptation. Il a plutôt bien réagi, dans l'ensemble – naturellement, il a chopé la crève et fait quelques poussées de fièvre, mais rien d'affolant. Juste de quoi booster son système immunitaire.

J'étais là tout le temps, bien sûr ! Je ne l'ai jamais lâché. Je le sortais du labo (c'est comme ça que j'appelais la pièce du fond, tu te souviens ?) dès qu'il donnait des signes d'usure. La seule fois où j'ai pris un risque idiot, pour être tout à fait honnête, c'est lors de la dernière séance *chaleur sèche* : il semblait bien la vivre, donc j'avais poussé assez loin ; mais je m'étais surestimée… Souvent, je l'allaitais pendant les séances, pour le réconforter, et cette fois-là c'est moi qui ai tourné de l'œil ! Je suis tombée de la chaise – pas vraiment sur lui – et le choc m'a fait sortir du brouillard, heureusement. J'ai quand même décidé de mettre fin à l'expérience.

Pour le reste, ma foi, rien de très original. Quelques massages ayurvédiques, un bain de langue musical au coucher, beaucoup de mots posés sur tout ce que nous vivions… sans compter un vaste éventail de stimulations plus ou moins dérisoires, par la batterie d'accessoires que ta sœur avait dédaignés : bêtes à gros yeux du plus haut comique, véhicules roulants, grimpants, flottants et rampants, anneaux à mordre, anneaux à serrer, tapis d'éveil, portique d'éveil, chaussons d'éveil, mobiles statiques, mobiles mobiles, mobiles musicaux, cubes en bois, en mousse, en latex, boules molles, boules dures, boules crissantes, boules à pouet et boîte à meuh, boîte à formes, train des formes, camion à formes, camion-benne, benne qui tourne et qui clignote, kaléidoscopes, engins de chantier pour-de-faux qui gueulent en vrai quand ils reculent, marionnettes de dragon, de loup, sorcières chiffons jaillissant de leur étui pour déclencher l'hilarité des foules, et mille doudous zoomorphes chatoyants. Deux ans au bas mot à tailler ma route dans un univers de plastique oriental bigarré, à parcourir à quatre pattes une cité miniature criarde qui, débordant ma chambre, étendait ses tentacules vers le salon, puis le couloir et l'entrée, vomissait ses monstres souriants par tous les paniers à linge, saturait l'atmosphère de ses jingles grotesques. J'en ai bavé, crois-moi. Mais tu connais tout cela par cœur.

(Tes quatre enfants sont magnifiques. Ils respirent la joie de vivre et la santé. Dans une époque pareille, c'en est presque indécent ! Même le petit maigrichon à lunettes a son charme à lui – d'autant que derrière les lunettes il semble avoir tes yeux, je me trompe ? Difficile à dire, sur écran. J'aurais aimé les rencontrer, vraiment. Je comprends que tu ne l'aies pas voulu, et je ne me suis pas permis d'insister, mais je te jure que j'en ai le cœur serré.)

J'ai lâché le bricolage et les échauffements pour entrer dans le vif du sujet dès que ton frère a prononcé son premier mot. Il avait dix mois, et le mot était *arbre*. Du moins je l'ai cru, ou voulu le croire ! Honnêtement, cela sonnait plutôt comme *barbe* ou *marbre*, et le contexte ne m'aidait pas à trancher : nous étions à la table du petit-déjeuner. Disons que cela ressemblait à un mot ; enfin, que c'était articulé, avec l'intention de dire quelque chose. D'ailleurs, c'était aussi ton opinion. Tu soutenais qu'il avait voulu dire *rhubarbe* pour qu'on lui passe la confiture. C'était donc un mot. N'importe quel mot m'allait : c'était le signal.

Il m'a semblé que la meilleure porte d'entrée dans l'héroïsme en bas âge pouvait être la voie du samouraï. Dans l'héroïsme, et même dans une *sorte* de super-héroïsme : « Je n'ai pas de pouvoir magique, je fais de ma personnalité mon pouvoir magique », comme dit le *Budō shōshin shū*.

Ce qui me gênait aux entournures, c'était que l'éducation d'un samouraï ne pouvait théoriquement pas être confiée à sa mère. S'arracher précocement à la tendresse maternelle pour rejoindre une école, un groupe, était incontournable. Or il n'était pas concevable que Clark soit modelé par d'autres que moi, attendu qu'il était MON projet. D'ailleurs, quand bien même j'en aurais eu le désir, les *koryū* ne courent pas les rues en région parisienne, et je n'ai pas connaissance que l'éducation nationale offre un BEP samouraï.

J'avais aussi un problème de timing : le futur samouraï n'intègre le *kochigo* qu'à partir de six ans, et termine son éducation à l'âge d'homme, donc, *a priori*, pas avant douze ans. Les temps ayant changé, j'avais d'autres projets pour Clark adolescent que de faire l'andouille avec un arc en bambou, ou d'apprendre à servir le thé.

J'ai donc adapté le concept, en remplaçant, en gros, la vénération des ancêtres par la mienne, et l'entrée dans l'âge d'homme par le passage au CP. La veille de la rentrée, Clark a eu droit à une sorte de mini-*Gempukku*. Sans épreuves collectives, hélas ! mais avec démonstration de ses divers talents, parcours du combattant, coupe à ras de ses cheveux longs et changement complet de garde-robe (toujours le combo jogging + tee-shirt, mais abandon des couleurs vives au profit du noir). Je lui ai surtout offert, à cette occasion, le casque que tu connais bien, un authentique *suji-bachi kabuto* de collection à trente-deux lamelles, en fer naturel avec motif doré au mercure, surmonté d'un démon *shikami* en bois laqué et poil de yak. Pour le sabre, après avoir pas mal fantasmé sur un *katana* ancien, je me suis rappelé qu'il devait s'agir d'une arme et non d'un jouet : une longue lame rouillée, qu'il n'aurait pu porter qu'à cheval, n'avait guère d'intérêt. D'où le choix pragmatique d'un *wakizashi* doté d'une lame plus courte, dans les soixante-dix centimètres, mais en acier *tamahagane* tout de même, parce qu'il ne faut pas déconner. Le manche est en bois de magnolia, peau de raie et soie. Je me suis ruinée, tu t'en doutes ! Mais il fallait bien marquer le coup.

Durant les cinq ans qu'aura duré cette phase du plan, j'ai surtout mis l'accent sur le contrôle des appétits et de l'émotion. Sa nourriture était saine, mais simple, son confort très élémentaire par rapport aux standards de l'époque. Je l'ai fait courir pieds nus dans la neige – ça l'a fait rire. Je l'ai souvent douché à l'eau froide – c'était moins drôle, mais il a vite perçu ces petits désagréments comme le prix à payer pour s'adonner aux jeux qu'il aimait tant.

Les exercices physiques que je lui proposais lui plaisaient, dans l'ensemble, qu'il s'agisse de lutte, d'escalade ou de natation. Les premières années, je lui permettais de laisser éclater sa joie ; par la suite, je lui ai fait prendre conscience qu'il pouvait mieux doser ses gestes, mais aussi sa voix.

Petit à petit, je lui ai appris à être seul. À se promener dehors seul, dans un parc, puis dans la forêt. À retrouver son chemin, mais aussi à se perdre. Lorsqu'il était perdu, il savait qu'il ne devait pas pleurer, que je viendrais à lui tôt ou tard s'il gardait son calme. Il chouinait parfois un peu, mais se reprenait de plus en plus vite. À cinq ans, je pouvais le laisser plusieurs heures dehors sans qu'il panique. Je savais qu'il lui fallait se confronter à la peur, et même, dans la logique de cet enseignement, apprivoiser la mort.

C'était un aspect du *bushidō* qui me turlupinait, d'ailleurs ; le côté *je fais de mon non-être mon épée ; je n'ai ni de vie ni de mort, ma vie et ma mort ne font qu'un*, et ainsi de suite… Dans l'absolu, je tenais beaucoup à cette idée splendide de penser le présent comme si l'on était déjà mort, pour pouvoir le jauger à sa juste valeur. Pas question de revenir là-dessus. Et savoir mourir – comme savoir tuer – figurait en bonne place dans le kit du héros de base. Mais le mien était tout de même vachement petit.

Certaines épreuves traditionnelles visaient spécifiquement à confronter les enfants à la mort : on les faisait assister très jeunes à des décapitations, puis on les envoyait de nuit ramasser les têtes coupées… On raconte même qu'à leur retour on les gavait parfois de riz aux prunes couleur de sang ! J'admets que c'est un peu gore, mais esthétiquement, tu avoueras que ça a de la gueule. Je ne savais pas comment transposer le concept à notre situation. Des décapitations, j'aurais pu lui en montrer un paquet en vidéo, on ne voyait que cela sur les réseaux sociaux ; mais son âge et l'écran auraient rendu l'expérience doublement vaine. Il fallait qu'il *comprenne* la mort, aucune image n'y pouvait rien. Alors je lui ai demandé de ramasser des animaux écrasés. De jeter des crevettes, puis des homards dans de l'eau bouillante. De tordre le cou d'un poulet, d'assommer un lapin. Nous avons visité des abattoirs, vu saigner des veaux et des porcs. J'avais prévu de lui faire égorger un mouton ou une chèvre, mais j'ai été contrainte d'y renoncer : il menaçait de devenir végétarien ! Un super-héros végan pouvait avoir son charme dans l'avenir, mais pas question de tenter le diable en pleine croissance.

J'ai plus ou moins lancé l'idée qu'il ne fallait pas qu'il redoute sa mort, ni celle des autres, mais sans trop insister non plus. J'aurais eu l'air maligne, s'il s'était ouvert l'abdomen au premier échec, ou juste pour me montrer son âme !

Entre deux exercices physiques et une leçon de lecture, j'ai cherché parfois à le faire méditer. La méditation est une discipline que je trouve assez fascinante, bien que je ne comprenne pas précisément à quoi elle sert. En tout état de cause, elle ne constituait pas encore une véritable perte de temps pour l'entraînement, à cet âge. Hélas ! c'était présumer de mes forces : je suis incapable de méditer. Au-delà de huit secondes de pause, j'ai un fou rire ou je m'emmerde. Tu n'étais pas au point non plus ; il suffisait que je vous pose face à l'horizon pour que tu te mettes à glousser. J'allais renoncer, quand j'ai réalisé que j'avais un coach insoupçonné. Si je le plaçais à côté de Zora, dans une position adéquate, Clark était capable de tenir plusieurs minutes. Zora regardait le ciel, Clark regardait Zora. Une forme de méditation indirecte qui le captivait quelques instants. Ou qui l'hypnotisait, pour ce que j'en sais : il s'endormait très vite.

La Demoiselle en détresse

Zora était toujours chez nous. Elle fréquentait un établissement spécialisé dans la journée, mais pas un internat comme je l'avais prévu. C'est l'attitude de Clark à son égard qui m'avait incitée à reporter cette décision.

Les années passaient, avec leur cortège de lectures du soir édifiantes. Toute la saga arthurienne, notamment, entre cinq et sept ans. Ton frère cultivait sa fibre chevaleresque, et cette sœur muette, si lointaine et si frêle, attisait remarquablement ses instincts protecteurs. Je craignais au départ qu'il ne se lasse, la petite ne manifestant pas le moindre intérêt pour lui, mais non ! Clark était prêt à se dévouer sans le moindre espoir de réciprocité – ce qui me réjouissait, tu t'en doutes. Il m'est vite apparu que cette figure lui était indispensable : tu étais bien trop grande et trop indépendante pour inspirer à un si petit garçon de tels sentiments, et il devenait trop lucide pour croire que j'avais moi-même besoin de son soutien. Zora est donc devenue la fragile Merveille dont il avait la garde.

Dès que nous sortions ensemble, il veillait à aplanir tous les obstacles pour elle, qui regardait en l'air ; à la soutenir, dès qu'elle montrait un signe de fatigue. Surtout, je le voyais traquer dans le regard de tous ceux que nous croisions le moindre signe d'irrespect pour la Demoiselle. Les quelques gamins qui ont commis l'erreur fatale de ricaner en la voyant tanguer sur ses maigres guibolles ont ravalé vite fait leurs gloussements, crois-moi ! J'ai bien cru certaines fois qu'il allait se battre pour de bon, mais les autres se dégonflaient toujours. Il n'était pas encore bien grand, mais il en imposait, avec son dos droit, son front haut et son œil fixe. Un vrai mini-Gauvain.

J'ai toujours su, cependant, que cette relation stimulante aurait ses limites ; parce qu'il n'y avait pas tant que cela de périls auxquels Zora puisse justifier que l'on s'expose pour elle. Sa faible résistance physique ne me permettait pas de l'emmener en promenade sur les terrains voulus pour l'entraînement de mon héros, et l'on ne pouvait guère imaginer qu'un adversaire digne de ce nom s'en prenne à une gamine handicapée. Je savais donc qu'il me faudrait l'éloigner de Clark, quand son attachement pour elle nous coûterait trop.

J'ai tenté d'aborder le sujet avec lui pendant les grandes vacances, lorsqu'il a eu huit ans. Nos dernières vacances tous ensemble, dans le Finistère. Des vacances à la mer, en famille, comme tout le monde… Tu te souviens de cet été-là ? Du début de l'été, je veux dire. Les balades à la pointe de Pen-Hir sur les falaises de grès, les couleurs de la lande et l'odeur des ajoncs… J'ai aimé ces moments, tu sais. Des moments d'oisiveté, qui ne servaient à rien – je pouvais l'accepter, et même en profiter, avec l'idée que ce serait la dernière fois.

J'ai informé Clark que je prévoyais de lui faire quitter bientôt l'école, au profit d'une scolarité à domicile et par correspondance, qui me permettrait de l'emmener vivre certaines expériences loin de notre confort bourgeois. Je lui ai expliqué que le temps des flâneries et des pâtés de sable touchait à sa fin, parce que nous avions mieux à faire, et qu'il était temps que nos virées deviennent des aventures. Il a compris, mais s'est tout de suite inquiété de savoir qui s'occuperait de Zora quand nous partirions… Il a très mal réagi lorsque j'ai mentionné l'internat : incompatible, bien sûr, avec le rôle qu'il avait endossé auprès d'elle ! J'étais coincée.

Et c'est alors, je te le jure, que j'ai résolu de retrouver Mo. Je te le jure, tu m'entends ? Je voulais qu'elle parte, c'est vrai. J'avais besoin qu'elle parte. Techniquement, quand tu m'as accusée d'avoir cherché à me débarrasser d'elle, je n'ai pas pu le nier, parce qu'en effet c'était mon intention. Mais il ne s'agissait que de l'éloigner ! Je n'ai pas tué ma fille. Je te le jure.

Je sais d'où t'est venue cette idée. De ce jour, sur la falaise, où je l'ai laissée s'approcher du vide, pour permettre à ton frère de lui sauver la vie. Je me souviens de la terreur que tu as ressentie ce jour-là, du ton sur lequel tu as hurlé : *« Maman ! »* Mais si je n'ai pas bougé, crois-moi, c'est que le risque était nul ! Tu ne pouvais pas voir la scène comme moi, d'où tu étais. Il y avait presque un mètre entre elle et le rebord, et Clark n'avait qu'un bond à faire. La configuration était parfaite ; je ne pouvais pas laisser passer une telle occasion ! Ce qui t'a choquée, c'est que j'ai prétendu ne pas l'avoir vue, alors que, bien sûr, je ne l'avais pas quittée des yeux. C'est le premier de mes mensonges que tu aies éventé, et, de ce jour, tu t'es méfiée de moi. Ça m'a fait mal. À ton tour, tu t'es mise à surveiller ta sœur de près, et tu étais contrariée que je te demande de laisser Clark s'occuper d'elle. J'espérais encore pouvoir te redonner confiance, à ce moment-là. J'aurais peut-être réussi, s'il n'y avait pas eu l'accident.

Un accident, tu comprends ?! Un putain d'accident. Absurde. Injuste. Imprévisible. Zora ne sortait jamais seule. Et surtout pas la nuit ! Tu le sais bien, tu me l'as craché au visage, sifflé entre tes dents. Zora ne sortait *jamais* seule. Et la nuit l'angoissait. Une nuit de pleine lune, en plus ! Je ne comprends pas ce qui s'est passé. Clark l'avait emmenée plusieurs fois dans l'eau cet été-là ; elle avait eu l'air de s'y plaire. Elle flottait face au ciel, la main de son frère sous sa nuque. Elle a dû vouloir y retourner, mais pourquoi en pleine nuit ? Tu ne m'as pas crue quand j'ai parlé de somnambulisme, mais c'est la seule explication que j'aie. Ce n'était jamais arrivé, je le sais bien, mais elle allait sur ses treize ans… À l'approche de la puberté les gens changent, même Zora n'y échappait pas ! Je pense qu'elle a dû trop aimer la mer. Je n'ai pas mieux. Je dormais.

Je te jure que j'ai dormi comme un loir, cette nuit-là, et jusqu'à l'aube. Jusqu'à ce que les gendarmes arrivent. Le matin m'a brisée. Pendant les jours qui ont suivi, je n'étais plus rien. Je voulais tout arrêter. Je te voyais me haïr, je voyais Clark se haïr, tout se brouillait ; tout en moi était sec et mort, et tu aurais voulu que je pleure ? Mes yeux, mes sinus, ma gorge étaient à vif. Je respirais du sang. Retrouver Mo était ma seule obsession, et je l'ai fait. Je crois que je n'aurais pas pu affronter l'enterrement sans lui.

Ne lâche pas cette lettre, je t'en prie. Continue à me lire, et tu verras. Tous mes mensonges, tous mes calculs, je te les dévoile. Tu t'en rends compte ? Je n'embellis rien, je ne triche plus. La seule fois de ma vie où j'ai choisi de tuer, je te la raconterai bientôt ; en temps voulu, comme tout le reste. Mais je te le jure à nouveau, sur mon honneur, sur tout ce qui compte à mes yeux : ce n'était pas ma fille.

La salle des dangers

Maintenant que j'y pense, Zora s'est noyée quelques mois à peine après ce fameux jour où tu m'as demandé *à quoi je jouais avec Clark*. Tu m'as posé la question à la suite de l'histoire de la falaise. C'est curieux, en un sens, que tu n'aies pas parlé de ta sœur… Que tu n'aies exprimé que cette inquiétude pour ton frère, alors que tu avais si peur pour elle. C'était sans doute trop difficile à mettre en mots. Trop violent. Ou peut-être qu'à tes yeux, comme aux miens, Clark passait en premier. Qui sait ?

C'est ma salle des dangers qui t'avait effrayée. J'avais décidé, cette année-là, de passer à la vitesse supérieure. Du héros au super-héros. Du Moyen Âge à l'avenir. De Gauvain aux X-Men. J'avais repris toute ma collection de comics à la recherche de principes éducatifs : pas simple. L'enfance de la plupart des super-héros n'est évoquée que sous forme de flash-back, et pas tellement sous l'angle des stratégies éducatives. En fouillant bien, j'ai tout de même isolé quelques figures intéressantes : en premier lieu le Professeur Xavier, et à l'occasion Fatalis, qui font un sacré boulot pour tirer le meilleur de leurs mutants chéris.

La salle des dangers conçue par Xavier avec l'aide de Cerebro est un joli concept, je ne sais pas si tu l'as en tête. C'est une grande pièce ronde, située dans le sous-sol du manoir où se déroule leur formation. On y propose à chacun des X-Men des séances d'entraînement individualisées, adaptées à leur profil et à leurs pouvoirs, avec une savante gradation en difficulté. Niveau après niveau, la salle projette de plus en plus d'adversaires, de mieux en mieux armés. Dans les premiers numéros, elle comporte des accessoires mécaniques, puis passe au tout-holographique, grâce à la technologie des extraterrestres Shi'ar – tu sais, les types à plumes. Elle est conçue pour éviter de causer la mort des élèves, mais dans certains arcs narratifs le bidule s'affole. Il arrive même, un jour, que la salle se débrouille pour échapper au contrôle de son maître et s'incarne dans une bombasse métallique hyper-dangereuse, qui s'en va le traquer au bout du monde !

Je n'en demandais pas tant, mais j'ai eu envie de mettre en place quelque chose de similaire pour ton frère. Plusieurs difficultés étaient à prévoir : outre l'absence de super-pouvoirs du gamin, dont il me fallait tenir compte, la plus saillante consistait dans mon budget, sensiblement plus étroit que celui du Professeur Xavier. À quoi venait s'ajouter la désolante rareté de l'offre technologique extraterrestre dans le monde réel. Bref, même en obtenant de la copropriété, en échange d'une toiture neuve, le droit d'aménager les combles, il ne me restait guère du concept qu'une salle sphérique, vide. Ce qui me semblait léger.

C'est finalement de l'un des super-vilains les plus miteux de l'épopée Marvel que je me suis inspirée pour contourner l'obstacle : Arcade, l'espèce de méchant clown scandaleusement pompé sur le Joker de DC Comics. Un sale gosse de millionnaire pervers, qui, pour se désennuyer, enferme ses victimes dans des parcs d'attractions chargés de les tuer, les *Cauchemar Lands*. Lui aussi prendra goût aux hologrammes shi'ar, mais pas avant un bon moment (le temps de piquer la notice de la salle des dangers). En attendant, il bricole des jouets pour les rendre dangereux : des robots, des véhicules télécommandés, toutes sortes de gadgets, et même des jeux vidéo reprogrammés… Chez lui, bien que n'étant pas millionnaire, j'avais plus d'idées à glaner.

J'ai opté pour l'installation que tu as connue, comprenant un mini *laser game* (avec machine à brouillard), plusieurs véhicules télécommandés, à faire circuler de plus en plus vite en gérant les collisions et en échappant à l'encerclement, et enfin un prof de boxe thaï à domicile qui acceptait de se déguiser. J'ai usé plusieurs professeurs, pour être honnête : le déguisement les faisait rire, mais ils tiquaient lorsque je leur demandais de monter la barre et de commencer à porter les coups. Clark avait beau être doué, ils le trouvaient trop petit pour encaisser, forcément. Il m'a fallu pas mal ramer pour trouver un type qui accepte de respecter mon programme… Je n'ai jamais su dire, d'ailleurs, s'il approuvait, s'il avait un fond sadique, ou s'il était tout simplement vénal. Mais les progrès de Clark étaient réels. Et n'exagérons rien, non plus : tous les gosses ont des bleus ! Le prof savait doser, il ne lui a jamais rien cassé, et je lui avais demandé d'épargner le visage.

La salle était aussi pourvue de quelques agrès et équipements de musculation, qui, curieusement, t'ont stressée plus que tout le reste ; peut-être parce qu'ils avaient plutôt l'air de gadgets de l'Inquisition espagnole que de jouets, au sens usuel du terme. Mes jeux de bruitages et d'éclairages t'indisposaient. Tu n'y as jamais mis les pieds qu'avec une grande réticence, malgré l'insistance de ton frère pour que tu viennes *jouer avec lui*… Pourtant, avec peu de moyens, j'étais drôlement fière du résultat ! J'arrivais parfois à créer de vraies ambiances : ma préférée, le champ de bataille médiéval, tout en ombres rouges, cliquetis de ferrailles et hennissements, comme dans la première scène d'*Excalibur* ! Clark, lui, préférait les ambiances plus contemporaines ou futuristes, avec tirs en rafale et détonations. Pour les temps d'exercices, je choisissais la musique en fonction du rythme de l'entraînement. Dvořák, Rachmaninov, Wagner, Carl Orff, Rage Against the Machine ou Megadeth… Un tantinet plus bourrin que mes playlists habituelles, mais sans concession à la médiocrité pour autant.

Je n'ai eu aucun effort particulier à fournir pour que Clark se fantasme un destin de super-héros : tous les mômes de son âge en faisaient autant. La difficulté a été de lui faire percevoir la différence entre son cas et celui de ses pairs, que cette rêvasserie occuperait jusqu'à la puberté, ou un peu au-delà. Sans se traduire concrètement, pour la plupart, par le moindre bénéfice perceptible en termes de rigueur morale ou d'hygiène de vie.

L'adolescence de Peter Parker, sa détermination à ce que tous ignorent non seulement son identité de Spider-Man et les superpouvoirs qui en découlent, mais jusqu'à sa simple force physique, dissimulée par des vêtements amples et une démarche voûtée, m'ont servi d'exemple. Bien que j'aie proscrit explicitement la démarche voûtée : on n'allait pas s'infliger une scoliose pour faire profil bas ! La colonne vertébrale des héros est sacrée. Ton frère, vers neuf ans, avait déjà une musculature très au-dessus du lot ; s'il avait encore été scolarisé par la suite, il n'aurait sans doute pas résisté à l'émulation de la meute. Mais en ne croisant d'enfants de son âge que ponctuellement, lors d'activités sportives ou de plein air, il pouvait comprendre l'intérêt de ne pas faire étalage de sa supériorité physique, comme de ne pas faire allusion aux détails de son entraînement. Ne serait-ce que pour ne pas susciter de jalousies, ni passer pour un monstre de foire. C'est d'ailleurs quand il m'a semblé qu'il avait la maturité nécessaire pour ne pas tomber sous la coupe d'un leader, ni chercher à en devenir un lui-même, que je l'ai laissé entrer au lycée.

C'est donc bien moi, comme tu me l'as reproché par la suite, qui l'ai encouragé à développer une double personnalité ; mais ton accusation de le pousser à la psychose était tout à fait infondée ! J'espère qu'avec le recul tu t'en es déjà rendu compte. Un psychotique ne *forge* pas sa double identité. Celui qui le fait consciemment, travaillant à donner une image publique un peu différente de ce qu'il est réellement (comme, au fond, nous le faisons tous un jour ou l'autre), doit au contraire être lucide, et bien se connaître.

L'histoire de la télépathie est un peu plus tordue, j'avoue. Mais l'idée n'est pas venue de moi.

Télépathe au logis

L'idée est d'abord venue de Clark, je n'y suis strictement pour rien. Je veux bien prendre mes responsabilités, mais on ne peut pas tout me mettre sur le dos, non plus ! Il venait d'avoir huit ans quand j'ai remarqué, en analysant ses emprunts à la section Marvel de la bibliothèque, sa fascination pour le personnage de Malicia. Il lisait et relisait avec passion les numéros qui la mettaient en avant, et jouait à prétendre capter, comme elle, les pensées des animaux qu'il parvenait à toucher – c'était d'ailleurs mignon comme tout. Si, dans l'absolu, j'étais favorable à tout ce qui le rapprochait de l'univers des comics, j'ai tout de même tiqué en constatant cette étrange identification : Malicia n'est pas très nette, c'est le moins qu'on puisse dire, et elle vit son super-pouvoir comme une malédiction ! Happer par simple contact l'âme et la mémoire de tout un chacun ne doit pas être confortable, il faut l'admettre. La pauvre fille a aspiré son premier amour, c'est assez triste.

De là à penser que son propre isolement poussait mon gamin, fraîchement déscolarisé, à s'identifier à une héroïne malheureuse, condamnée à la solitude et tentée par le Mal, il n'y avait qu'un tour de méninges. Pas rassurant. D'un autre côté, c'était la première fois que je le voyais investir d'une manière personnelle et créative cet univers, que je mettais tant d'ardeur à lui faire côtoyer. Je n'avais pas le cœur de briser cette fragile construction. Je suis entrée dans son jeu, au départ, pour tenter de comprendre ce qu'il projetait au juste dans cette sombre histoire ; ensuite, comme je le sentais joyeux et enthousiaste, j'avoue que j'ai mis les bouchées doubles. Je l'invitais à lire dans mes pensées pour développer ses talents de télépathe, puis je m'affairais à mettre au point de troublantes coïncidences. Avait-il lu dans mon esprit que je comptais faire des crêpes ? Paf ! il y avait des crêpes. Avait-il deviné et noté sur un papier l'endroit où était caché le trésor ? Vérification faite, l'objet y était bien ! Évidemment, il m'avait au préalable confié le papier… pour que je sois sûre qu'il ne triche pas. Bluffant.

Ces petits tours de passe-passe ne faisaient de mal à personne. Tous les parents font ce genre de trucs. Ce n'est pas plus méchant que le père Noël, le catéchisme ou la petite souris des dents. C'était une occasion de donner une aura supplémentaire à la complicité que nous avions tous les deux. Et de le dissuader, si besoin en était, de me dissimuler quoi que ce soit d'important, puisque cette porosité entre nos petites têtes jouait sans doute à double sens ! Rien de plus. Et le jeu n'aurait pas duré ; j'étais résolue à y mettre fin au bout de deux ou trois ans, s'il ne s'en lassait pas de lui-même. Pas question de le laisser virer mystique : les vieux shamans ont beau avoir une certaine classe, je ne voulais pas faire de mon fils un gourou hirsute et couvert d'amulettes.

Que les choses soient dites et bien dites, ma toute belle : sur ce coup-là, c'est TOI qui as dérapé ! C'est TON plongeon, tête la première, dans le petit bain du spiritisme bas de gamme qui a failli ruiner tous mes efforts. J'ai été obligée de m'aligner en face, pour contrer l'assaut.

Oh, je ne t'en veux pas, va : tu avais toutes les excuses du monde. Je n'ai pas su gérer la mort de Zora, je le répète. Elle m'a dévastée. Je suis restée hébétée plusieurs semaines, dont je ne garde presque aucun souvenir. Nous étions de retour dans une maison inerte, infiniment silencieuse. Comme le fond de la mer. Comme Zora. Clark errait d'une pièce à l'autre, les yeux perdus.

Tu me regardais avec horreur. Je me regardais, de l'intérieur, avec plus d'horreur encore. Je voulais tout arrêter – je voulais mourir, en fait, mais je ne m'en sentais pas le droit. Je ne l'écris pas pour t'apitoyer – j'ai le sens du ridicule – mais pour que tu comprennes que j'ai mis un certain temps à évaluer dans quelle impasse vous vous étiez fourvoyés.

Au début, lorsque tu partais t'isoler avec Clark, je ne te demandais aucun compte : bien au contraire, je m'en félicitais. Tu le nourrissais, tu le chérissais. Et tu le protégeais de moi, de la bile noire qui émanait de moi. C'était souhaitable, et juste. Mais lorsque j'ai fini par émerger de ma torpeur, par accepter l'idée que nous étions tous les trois vivants, et partis pour le rester un bout de temps, donc que ma responsabilité à votre égard était intacte, j'ai commencé à me demander ce que tu trafiquais.

J'ai eu du mal à obtenir la réponse : j'ai d'abord dû franchir un certain nombre de barrières pour retrouver mon fils, que tu avais entrepris d'éloigner de moi. Avec un résultat assez remarquable, d'ailleurs, si l'on considère la confiance absolue qu'il me vouait au départ : tu peux me traiter de manipulatrice, mais tu as fait tes preuves dans ce domaine ! Il ne m'a jamais accusée de quoi que ce soit en face, bien entendu, mais je l'ai senti tout hésitant, tout soupçonneux. Lorsque j'ai tenté de savoir ce que tu avais pu lui raconter pour créer une telle distance entre nous, il n'a pas voulu lâcher le morceau, mais il a laissé échapper une phrase curieuse : ce n'était pas toi, à l'en croire, qui avais dit du mal de moi ; c'était Zora qui en avait *écrit*. Écrit ! Ma petite elfe, mon feu follet, écrire ! C'était un peu gros, tu ne trouves pas ? Elle qui, de sa vie, n'avait pas même fait mine de construire une phrase, elle qui ne captait dans la musique de ta voix que l'écho de celle des sphères, tu aurais voulu nous faire avaler qu'elle avait trouvé, après sa mort, la motivation et les compétences pour épeler je ne sais quelle dénonciation pompeuse ?

Laisse-moi deviner ce que tu as bien pu lui faire dire, à coups de guéridon vermoulu et de gobelet en plastique moches : M...A...M...A...N...M...A...T...U...E...E..., une banalité de ce genre ? Ou quelque chose de plus recherché ? Clark n'a jamais voulu me l'avouer. Quoi qu'il en soit, excuse-moi, mais je trouve le procédé vulgaire. Si tu croyais vraiment à ce que tu faisais, je veux bien admettre, encore une fois, que tu avais des circonstances atténuantes ; mais si tu as joué cette partition minable en toute conscience, pour me le prendre, alors... Alors, disons juste que tu méritais de perdre.

Je ne pouvais que te voir venir. Ta haine pour moi était palpable. Et tu ne me laissais pas le choix : il fallait bien que je me batte, puisque tu avais dégainé la première. Quelles chances pensais-tu donc avoir ?! Tu n'avais que seize ans, même pas encore ton bac en poche. Mineure, sans un rond, sans le moindre début de preuve de ce que tu avançais – et pour cause –, comment voulais-tu me le prendre ? Quand bien même tu aurais réussi à le braquer, à le convaincre de fuguer, où aurais-tu été te planquer, avec un môme de dix ans sur les bras ? *« J'aurais dû te dénoncer »*, m'as-tu dit bien plus tard. Mais qui t'aurait crue ? Qui aurait témoigné pour toi ? Ton guéridon ?

C'était absurde. Moi qui avais prévu de le faire revenir de son élan mystique en douceur, j'ai dû surenchérir pour te contrer. Aucun moyen de rattraper le coup sans t'humilier à ses yeux ; du moins je n'en ai pas trouvé – je n'ai pas cherché longtemps, j'avoue. Il y avait urgence. Alors, j'ai chargé.

Le coup des lettres, je veux dire, que ma pauvre Zora soit devenue lettrée, était vraiment trop gros. C'est ce qui t'a perdue. Ça, et ton mauvais goût d'adolescente pour la psychologie de comptoir, les horoscopes, et les quiz des magazines. Il ne m'a fallu qu'une petite incursion dans ta chambre pour faire le lien entre ces gamineries, gentiment ineptes, et ta tentative de putsch ectoplasmique. J'ai d'abord plongé Clark dans la perplexité, en lui demandant froidement s'il pensait que l'au-delà dispensait des cours d'alphabétisation pour âmes handicapées, puis j'ai exhumé et fourré sous ses yeux deux de tes lectures de fille les plus *cheap* : un roman de gare à la noix, dans le style « Chair de poule », en couverture duquel une bande de greluches fixaient un guéridon avec effroi, et un numéro de *Biba* spécial parapsychologie – *Trente recettes imparables pour communiquer avec l'au-delà*, tu vois le genre. Le roman était vraiment à toi, je précise. Le magazine, non, c'est moi qui l'avais planqué au milieu de ta pile la veille ; mais tu en lisais bel et bien, qui ne valaient pas mieux.

Sur une telle base, je n'ai eu aucun mal à te discréditer. J'ai patiemment expliqué à ton frère que ton mysticisme à deux balles n'était qu'une amère parodie de ce que pouvait être l'aspiration humaine à transcender les frontières de l'existence, à communier dans le souvenir avec l'essence de nos disparus. J'ai mis ta piteuse tentative d'esbroufe, digne d'un prestidigitateur de seconde zone, en balance avec l'histoire des religions, les pyramides et les rêves anciens de résurrection, de réincarnation, d'éternité. Je l'ai emmené dans ma chambre, où j'avais passé des journées entières recluse, pour lui montrer une sorte de petit autel confectionné avec soin, bien qu'un peu à la hâte : c'était un dispositif original, dont je suis assez fière, en y repensant. Un jeu de miroirs qui reflétaient le ciel, quelques bâtons d'encens, une natte japonaise. J'ai prétendu m'être isolée pour les mêmes raisons que vous, et je me suis excusée de vous avoir négligés, tout à mon espoir de contacter ma fille perdue… J'ai ajouté que, si j'avais imaginé un instant que vous en étiez réduits à de tels expédients, je vous aurais associés à mes propres recherches.

J'ai fini par convaincre Clark, sans trop de mal, de monter dans le train un soir d'hiver, et de m'accompagner sur la plage même où Zora avait pris congé de nous quelques mois plus tôt. Nous y avons étalé nos duvets à l'abri du vent, puis à la nuit tombée nous nous sommes baignés ensemble ; pour la sentir plus proche, pour vivre dans notre chair l'expérience de son départ. Il avait évoqué l'idée de t'associer à l'expédition, mais lorsque je lui ai demandé s'il te pensait capable d'entrer sincèrement en communion avec nous, que voulais-tu qu'il me réponde ? Il ne sentait que trop ta haine, le malheureux, et c'était un tel soulagement pour lui de ne pas la partager ! Ce que je lui offrais en échange était mille fois plus séduisant que ton bricolage spirituel, je le maintiens ; mais quand bien même mes arguments auraient été moins percutants, ils ne pouvaient que l'emporter. Parce qu'ils sauvaient ce pauvre gamin de l'obligation que tu lui avais faite de juger, de rejeter et de trahir sa propre mère.

Est-ce que tu piges un peu mieux ce qui s'est passé, à présent ? Pourquoi Clark s'est soudain éloigné de toi ? Pourquoi je t'adressais la parole le plus rarement possible, histoire d'éviter une confrontation directe, qui aurait pu te conduire à dire un peu n'importe quoi devant lui ? Pourquoi il a manifesté cette méfiance nouvelle à ton égard, et cette pitié aussi, sans doute ? Il a dû tenter de te parler, de te convaincre – mais tu ne lui as pas laissé le temps d'en placer une, n'est-ce pas ? Tu as senti très vite le vent tourner, tu as compris que tu n'avais aucune chance. Je suppose que, dès cet instant, tu as résolu de partir. Peut-être aussi que tu avais peur, après tout ! Est-ce que tu croyais, au fond de toi, à cette horrible idée que j'avais tué ta sœur ? Est-ce que tu y croyais assez pour imaginer que ton tour pouvait venir ensuite ? Est-ce que tu y crois encore aujourd'hui, est-ce que tu y croiras toujours après m'avoir lue ? Je donnerais cher pour connaître la réponse ! Mais on dirait bien que je ne le saurai jamais.

Et c'est ainsi qu'à plusieurs reprises, jusqu'à la fin de l'été suivant, j'ai ouvert les chakras de mon héros naissant, nos corps flottant sur la mer d'Iroise et nos yeux dans les étoiles. Pendant que tu préparais ton départ, à coups de dossiers, de demandes de bourses et d'internats – deuil ou non, peur ou pas, tu conservais tout de même un sacré sens pratique, soit dit en passant. Tu n'as pas réussi à filer aussi vite que tu l'espérais, et les mois où tu m'es à demi restée ont dû nous faire plus mal que tout le reste.

C'est en partie ce qui m'a poussée à organiser tant de voyages tout au long de l'année : l'atmosphère de la maison, à couper au brise-glace. Ta suspicion, l'absence de Zora... on peut dire qu'il planait du lourd sous notre pauvre toit, et j'avais mal au cœur de voir Clark s'escrimer à jouer les médiateurs, à souffler sur les braises de ce pseudo-foyer. Comme son âge s'y prêtait bien, j'en ai profité pour tester son sens de l'adaptation, et ses aptitudes à la survie dans différents milieux. Je t'ai emmenée avec nous deux fois, avant de jeter l'éponge et de te laisser seule à Paris. Je ne peux pas dire que nous ayons passé de bonnes vacances, mais je ne regrette pas ces moments. Le fait de te voir si futée et débrouillarde m'a rassurée quant à ton avenir, dont je sentais que je ne ferais pas partie. Lors de notre séjour en Namibie, notamment, pour la première et la dernière fois de nos vies je t'ai fait passer avant Clark : je le laissais rôder en quête de nourriture pendant que je te suivais dans tes missions, en évaluant de quelle manière tu t'y prenais pour aborder des inconnus, communiquer avec eux, et obtenir ce que tu voulais sans te mettre en danger. Je t'ai trouvée très convaincante, dans l'ensemble.

Malgré la carapace en titane dont tu te couvrais à mon approche, j'ai réussi à te souffler quelques conseils, pour aiguiser tes réflexes et doper ta prudence. S'il te reste deux sous de bonne foi, tu dois bien admettre que je ne t'ai pas été tout à fait inutile ! Souviens-toi de ce que je t'ai enseigné cet hiver-là : les ficelles du troc, à panser un cheval, et à reconnaître le désir dans les yeux des hommes. Je parie que tu t'en sers toujours.

Je repense à cette dernière conversation que nous avons eue, quand je me suis pointée chez toi, après la naissance de ta fille. À ces quelques mots échangés sur le seuil de la cuisine, avant que tu ne me foutes à la porte sans m'avoir laissée la regarder. J'ai eu le malheur de dire que je ne doutais pas que tu sois une bonne mère, et tu t'es aussitôt enflammée. Tu m'as hurlé que je n'avais pas le droit de prononcer ces mots, qu'ils étaient obscènes dans ma bouche – des tas de conneries de ce genre. Tu as sifflé, avec un mépris incroyable : *« Parce que tu prétends savoir ce que c'est qu'une bonne mère ?! »*, et j'ai battu en retraite. C'était sans doute maladroit de ma part – encore que je n'aie cherché qu'à dire un mot gentil pour t'amadouer, mais j'y ai réfléchi depuis, et j'aimerais que tu le fasses aussi. Tu as raison, je ne sais pas ce qu'est une bonne mère, et toi non plus ! Parce qu'employée ainsi, dans l'absolu, cette expression n'a aucun sens. Une bonne mère pour quelle occasion ? Dans quelles circonstances ? Une bonne mère pour transmettre une recette de blanquette et trouver un gentil mari, ou pour survivre en cas d'apocalypse zombie ? Toute la question est là.

Un homme et une femme

Le jour de ton départ pour l'Australie, bac en poche, a marqué pour moi le début de six années de vie à deux avec Clark, pour ne pas dire de vie de couple. Six ans pendant lesquels je l'ai vu devenir un homme.

Bien sûr, les premiers temps, tu lui as manqué. Symboliquement, l'Australie, c'était fort : en choisissant cette destination parmi tous les pays anglophones qui t'auraient permis les mêmes études, tu n'avais pas fait dans la demi-mesure. Le message était clair. Ce qui m'arrangeait, en un sens, puisqu'il n'était pas prévu que nous t'y rendions visite, ni, apparemment, que tu rentres à Noël. Quelques dizaines de milliers de kilomètres et des billets hors de prix n'étaient pas de trop pour justifier l'injustifiable – tant d'années sans la moindre nouvelle, tout de même… Sans la moindre nouvelle donnée volontairement, j'entends. Car j'en ai pris, tu sais ! Oh, pas très régulièrement, mais j'ai tout de même suivi l'avancée de tes études, sur le site Internet de la fac. J'ai aussi passé quelques coups de fil pour savoir où tu te logeais, quand ton nom a disparu du registre de la cité universitaire. J'ai retrouvé ta trace chez une Mrs Goodwill, une veuve charmante, que j'ai eue au téléphone en deux ou trois occasions – si, si ! Je suppose que tu ne t'en doutais pas. Quand je te dis que tu me sous-estimes…

C'est cette brave Mrs Goodwill qui a composé un beau jour le numéro que je lui avais laissé, pour m'informer, presque tremblante à l'idée de ma réaction, que tu t'installais en ville *with a man* plus âgé que toi. Elle en était nettement plus choquée que moi, j'avoue ! Tu me semblais bien sage, pour tes vingt-deux printemps, à mariner chez la veuve en collectionnant les mentions. Je commençais à m'inquiéter. Une petite recherche sur le Net, pour situer l'homme en question – l'occasion de ma première inscription sur Facebook – m'a très vite rassurée. Dans l'ensemble, je dois dire que tu as bon goût, pour ce que j'ai pu en voir. Ton ingénieur australien avait un charme fou, le prof de yoga coréen était à tomber par terre, et le père de tes enfants n'est pas mal non plus. Un peu trop sage, mais pas austère ni maigrichon ; le genre calme avec des muscles. Rassurant, comme disent souvent les femmes, sans se demander de quoi elles ont peur.

Tu as donc manqué à ton frère, malgré les mails et cartes postales bidon que je lui envoyais de temps à autre en ton nom. N'en aie pas trop de regrets : si tu lui avais vraiment écrit, j'aurais sans doute dû censurer tes lettres. Je n'aurais pas pris le risque de le laisser se rapprocher de toi en pleine adolescence, sans contrôle sur ce qui pouvait se dire entre vous. Et comme tu n'avais pas eu besoin de me préciser que tu ne voulais plus me voir…

Si tu sors de la lecture de cette lettre de mauvais poil, et que tu cherches à prouver à ton frère que je lui ai menti, j'imagine que tu trouveras ici des arguments : il doit avoir gardé tes fausses lettres, et il ne te sera pas difficile, bien que j'aie su imiter ton style et ta signature de manière assez convaincante, de lui démontrer que leur contenu ne colle pas avec ta vie. Mais réfléchis, tout de même : est-ce bien ton intérêt ? Clark en déduira que je lui ai menti pour qu'il souffre moins de *ton* abandon, et ce ne sera pas loin de la vérité ! J'ai menti pour donner au lien qui vous unissait l'aspect d'une trame ordinaire, lentement effilochée par la distance, plutôt que d'un sale tissu cicatriciel, boursouflé par un arrachement brutal. Tes faux courriers se sont progressivement espacés, et ses réponses ont suivi le même rythme, de sorte que, durant ses années de lycée, ton frère ne te mentionnait plus qu'à titre exceptionnel, dans de rares moments de nostalgie.

Il faut bien t'avouer, aussi, qu'avec ton départ nous avons retrouvé une sorte de légèreté, pour ne pas dire de joie de vivre. Sans tes sombres airs de statue du Commandeur, faire le deuil de Zora est devenu possible. Tout en maintenant – puis en intensifiant – l'entraînement de ton frère, j'ai pu contrebalancer ses efforts par de vrais moments de détente, des marques d'affection plus franches. Un peu d'humour aussi, sans personne pour froncer les sourcils. C'était nettement plus confortable. Malgré son affection pour toi, Clark n'a pas pu ne pas s'en rendre compte. Après quelques hésitations, il a accepté d'être heureux – car ton frère a été heureux, tu sais ! Tu aimes à te représenter sa vie comme un véritable calvaire, mais ton approche de la question demeure superficielle. As-tu lu Camus ? Je suis sûre que tu as lu Camus. « Il faut imaginer Sisyphe heureux », te dit le monsieur. Alors pourquoi pas Clark ? Quitte à affronter l'existence, autant le faire avec la conviction d'être un combattant, convenablement préparé.

Il a d'ailleurs vécu sa puberté sans trop d'orages, pour un gamin sans père ni copains de classe, aux sœurs respectivement absente et morte. Je l'ai inscrit au lycée l'année de ses quinze ans, parce qu'il était temps de le faire, mais j'aurais été prête à le scolariser plus tôt, si je l'avais senti déprimer ou devenir trop farouche. Je pense que nos séances hebdomadaires d'observation du ciel l'ont aidé à mettre un peu d'ordre dans sa tête. Elles étaient issues de nos tentatives de joindre Zora en ligne directe, sans accessoires ni mobilier parasite, mais je les ai fait insensiblement dériver de l'ésotérisme vers l'astronomie.

Je ne peux vraiment pas dire que ton frère ait été un adolescent difficile. Pas que ses hormones aient moins bouillonné que la moyenne, loin de là ! Le contraire m'aurait d'ailleurs ennuyée.

Quitte à produire un super-héros mâle, autant faire bon usage de la testostérone qui va avec. C'est une substance délicate à manipuler, mais pas plus que n'importe quel explosif, dont nombre d'abrutis se servent tous les jours. Il y a, en gros, un équilibre à trouver, une alchimie savante, entre les deux moteurs du véhicule : le désir et la rage. Éros et Thanatos, ces deux larrons en foire, qui se disputent la barbaque de nos fils comme des chiens de rue…

J'ai donc joué sur les deux tableaux. C'est du côté colère que j'étais le plus à l'aise : comme les années passaient, je sentais Clark en demande de cible, tout à la frustration de se sentir devenir une arme sans savoir où porter le coup. J'ai entretenu cette frustration tant que je l'ai pu, histoire de charger la batterie au maximum. J'ai commencé, patiemment, à lui parler des zones d'ombre du monde, à l'initier aux injustices de tout poil qui sont le lot quotidien de la majeure partie de l'humanité. Ce faisant, je prenais des notes : je tentais d'évaluer à quel type d'infamie il était le plus sensible, pour quelles victimes il ressentait le plus d'empathie… Car les grandes causes ne manquent pas, et j'avais mis un point d'honneur à tenir compte de ses convictions personnelles pour définir ce que seraient ses futures missions. Oh, je mentirais, si je disais que je n'avais pas quelques pistes, quelques espoirs ! Après tout, je savais que nous entamerions nos luttes ensemble, et je n'aurais pas pu aller contre mes propres inclinations. Mais à ce stade je tenais à lui offrir un spectre – oserai-je dire un Spectre ? – aussi large que possible.

J'ai donc proposé à mon fils, entre douze et treize ans, un tour du monde des plus belles saloperies dont les hommes sont capables. Je n'ai pas eu à faire pencher la balance pour qu'il s'intéresse à l'écologie : à travers nos voyages, il se prenait régulièrement la beauté du monde en pleine gueule, et tous les mômes ont le goût des petites bêtes. Les mêmes qui marcheraient sans ralentir sur la main d'un clochard, tu leur tireras des larmes avec une vidéo de panda.

J'étais heureuse de le voir s'en faire pour la nature, d'abord parce que le sujet abondait en menaces lourdes et urgentes, mais aussi parce que, dans ce domaine, distinguer les gentils des méchants est autrement plus simple qu'en matière de géopolitique, par exemple. Ce que je te dis là est un peu naïf, j'en ai conscience : l'air pur et l'ours polaire cachent souvent des histoires d'influences et de gros sous. Mais disons que les conséquences des actes des uns et des autres peuvent être analysées de manière plus objective, plus scientifique, que dans d'autres types de conflits.

Nous avons donc pris le temps d'ouvrir et de hiérarchiser les dossiers des ennemis de la planète, afin de nous donner les moyens d'un écoterrorisme responsable. Clark entrait dans le jeu comme dans du beurre, avec un mélange de rigueur et de fougue de bon augure. Je n'ai que de chouettes souvenirs de cette partie du plan.

En revanche, sur l'autre versant, celui du désir, j'étais en peine. Je n'arrivais pas à cadrer cet aspect de l'adolescence de Clark. Pourquoi ? J'ai du mal à le comprendre, aujourd'hui encore. Et je le regrette d'autant plus que je soupçonne un lien avec sa débâcle récente, qui me conduit à de telles extrémités. C'est pourquoi je ne peux pas t'épargner ce chapitre embarrassant, et un peu glauque, de notre histoire. Je te présente mes excuses si cette lecture t'indispose, mais dis-toi que tu as fait le plus dur : encore un peu de patience, et le pognon sera à toi. Et à tes gosses. Près de huit cent mille euros, tout de même ! À ce prix-là, je peux bien t'imposer quelques désagréments. Et ne t'avise pas de zapper les passages qui te gênent, hein ? N'oublie pas les cinq questions.

Je vais tenter d'analyser de mon mieux ce qui s'est passé. (J'allais écrire « d'analyser à froid », mais dans cette fournaise l'expression sonne creux ! Il me semble qu'il fait encore plus chaud qu'hier…) Tu verras que je ne cherche pas à éluder ma responsabilité : si je me suis trompée – et, manifestement, je me suis trompée – du moins mon aveuglement n'était-il pas volontaire. Je voulais que mon fils devienne un homme, bien sûr. Je le voulais au moins autant que les autres mères. Sans doute étais-je même plus pressée que la moyenne. J'avais à cœur qu'il ait confiance en lui, qu'il prenne de l'assurance dans son rapport aux autres. Les minauderies du vrai Clark Kent face à Loïs ont beau avoir leur charme un peu désuet, je voulais voir le mien bien dans son corps, la tête haute, et le moins boutonneux possible. Je ne tenais donc pas à le garder puceau plus que nécessaire. Toutefois, dans le même temps, j'avais conscience de ce que l'opération pouvait mettre en péril : sa concentration, et mon influence. C'était là mon dilemme de surface, mon dilemme conscient.

Si je fouille davantage, je soupçonne que ce n'était pas le seul. L'idée d'intervenir dans la vie sexuelle de mon fils me gênait. Peut-être parce qu'il s'agissait de questions que je n'avais pas moi-même vraiment réglées, ou parce qu'un tabou bassement œdipien me voilait cet aspect de l'avenir. Sans doute les deux. Il y a des signes qui ne trompent pas : je ne veux pas t'embarrasser de détails scabreux, mais j'ai moi-même, à cette période, connu un regain plus que suspect de désir, sans objet explicite, et de rêves érotiques fumeux. J'ai soupçonné les phéromones émanant de mon fils d'en être cause, et cette explication chimique m'a apaisée moralement, mais je n'ai pas poussé le vice (ou la vertu ?) jusqu'à me demander pourquoi ta puberté ne m'avait pas fait le même effet. Nous avions certes été moins proches, mais nous n'en dormions pas moins sous le même toit !

Je n'ai pas voulu trop y penser et, dans ce but, j'ai cherché à combler le manque, que j'avais ignoré jusque-là. J'ai ouvert mes nuits à quelques rencontres sans lendemain, pour constater très vite qu'elles ne m'apportaient aucun soulagement ; j'ai tenté alors de pimenter une liaison, entretenue jusque-là sans états d'âme au chapitre des relations publiques de mon activité professionnelle, en m'y investissant un peu. Le résultat a été désastreux. Non, même pas désastreux. Juste consternant. J'ai réussi, en quelques moments un peu tendres, à transformer des collaborateurs fiables, de longue date, en rivaux de vaudeville, possessifs et chiants comme la pluie. J'ai vite laissé tomber.

Je t'assure que si je t'inflige cette partie de l'histoire, dont tu estimeras sûrement qu'elle ne te regarde pas, c'est que j'ai peur qu'il existe un lien obscur entre les décisions que j'ai prises pour Clark, lorsqu'il s'est amouraché pour la première fois, et les affres dans lesquelles je me trouvais alors.

La fille aux pigeons

Il n'y avait pas des masses de filles dans l'entourage de Clark, puisqu'il n'allait pas au collège. Je lui faisais pratiquer la natation en mer ou en rivière, la course et l'escalade en pleine nature, la musculation à la maison. Les seules activités qui lui donnaient l'occasion de côtoyer des individus plus ou moins de son âge étaient des sports collectifs, ou de combat, et la mixité n'y était pas la norme. Je le supposais donc hors d'atteinte, et j'avais résolu de ne pas m'en préoccuper outre mesure, tant que je ne le verrais pas se couvrir d'acné ou perdre l'appétit. Je n'avais pas pensé au balcon.

C'est vieux comme le monde, le balcon. Ou du moins comme l'urbanisme. Encore un truc qui risque de se perdre, tiens, dans l'air du temps ! Si Juliette avait eu la clim, Roméo aurait eu l'air con.

Dans notre immeuble, deux étages plus bas, habitait une gamine dont tu te souviens peut-être, puisque sa mère et elle avaient emménagé avant que tu ne partes. Elle s'appelait Lila, d'après la boîte aux lettres : Marie-Claude et Lila Bréhan. Mais sa mère l'appelait Lil, comme la fille dans *Rocky Raccoon*. Elle était assez douce, pas très causante. Elle avait le même âge que Clark, à quelques mois près, et abordait sa métamorphose d'adolescente en planquant ses jeunes formes dans des vêtements sombres et amples, ses yeux clairs sous une frange dissuasive. Lorsque nous la croisions dans l'ascenseur, ce qui arrivait assez rarement, nos rythmes n'étant pas les mêmes, elle paraissait s'incorporer à la paroi et conservait la tête obstinément baissée, tandis que j'échangeais avec sa mère les platitudes d'usage. Clark ne faisait pas mine de la remarquer. J'avais, quant à moi, l'impression qu'elle pourrait devenir jolie, mais je ne supposais pas mon fils capable d'imaginer par quel miracle.

Ce que je n'avais pas calculé, c'est que le soir, à l'heure où Clark *allait dire bonne nuit à Zora* – c'est-à-dire accomplissait, face au ciel nocturne, un petit rituel plein de nostalgie, tendre vestige de son élan mystique –, la demoiselle se mettait elle aussi au balcon, son casque sur les oreilles, pour y noircir de grands cahiers de ce qui devait être un journal intime (ou peut-être même un roman), sur fond de musique gothique. Or elle détachait ses boucles, le soir, et relevait sa frange pour mieux écrire. Et elle n'était plus empaquetée comme une viande de grande surface, cette fois, mais en tenue d'intérieur – oh, rien d'osé ! Pas de dentelles ni de froufrous, pas son genre ! Juste des leggings en Lycra noir, des débardeurs fluides. Sans rien dessous, évidemment. C'était splendide.

Dès que je l'ai aperçue, j'ai senti le danger – et Clark devait la contempler depuis un certain temps ! Depuis que la température lui permettait d'écrire dehors, et elle n'avait pas l'air frileuse.

J'ai levé le lièvre lors d'une de nos rencontres dans l'ascenseur. La mère, Marie-Claude, m'a retenue quelques secondes à son étage pour médire du syndic, et j'ai pris conscience que les yeux de ton frère étaient braqués sur le miroir, sa nuque formant un angle bizarre. Il cherchait à capter un reflet du visage de Lila, qui ne s'en incrustait que davantage dans l'angle, la pauvrette. J'ai prévu de tâter le terrain lors du dîner, et dès que j'ai eu prononcé son nom, sans même me laisser venir à bout de la remarque inepte faite en guise d'alibi, mon Clark m'a harcelée de questions : sur ce que je savais d'elle, sur l'absence de son père (tiens donc !), et sur les femmes en général. Le tout d'un ton fiévreux et vaguement rauque, qui m'a fait paniquer.

J'ai évacué le débat sur les voisines, dont je ne savais, de fait, rien de plus que ce qu'en disait la boîte aux lettres, et reporté à une session ultérieure la question des femmes en général. Il fallait que je fasse le point. Clark ayant évoqué, dans sa tirade, les séances de littérature au balcon de la belle, j'ai pu jeter un œil, et évaluer l'ampleur de la menace – car je l'ai vécue comme une menace.

C'est ce que je ne m'explique pas, tu vois ? C'est là que mon bât blesse !

Pourquoi pas Lila ? Cette petite n'avait rien pour m'inquiéter ! Elle semblait douce, solitaire, pas trop cruche si j'en juge par ses goûts musicaux ; et elle habitait pour ainsi dire chez nous, ce qui m'aurait évité de voir Clark s'éloigner… J'aurais pu, et je suppose que j'aurais dû, concevoir ce premier béguin comme idéal. Mais non. Mon sang n'a fait qu'un tour, et j'ai résolu d'empêcher qu'il se passe quoi que ce soit entre eux. Avec, pour vague prétexte, la peur qu'une histoire d'amour ne le rende casanier, ne le dissuade de découvrir le monde… Mais ce n'est pas ce que fait l'amour, n'est-ce pas ? Du moins, pas forcément ?

Un temps, j'ai espéré que ce coup de cœur serait sans suite, que la petite ne lèverait jamais la tête. Mais elle l'a levée, tu penses bien. Puis elle a ôté ses écouteurs. Quand ils ont commencé à chuchoter d'un balcon à l'autre, j'ai lâché les chiens.

J'ai suivi Marie-Claude jusqu'à son lieu de travail, un beau matin, et profité de sa pause au café d'en face pour tomber sur elle, comme par hasard : « Ça alors ! Chère voisine, vous ici ! Asseyez-vous donc. Oui oui, ça va, ça va… Enfin non, justement, pas terrible. Eh bien… Inquiète. Pour le petit. Une maladie, oui… Grave ? Je ne sais pas… Je ne peux pas vous dire… Excusez ma gêne ! C'est que je n'en reviens pas, de ce qu'on m'a dit à l'hôpital.

Ils ont parlé d'une MST. Une MST, vous imaginez ?! À son âge ! Ils doivent se tromper, c'est la seule explication. Oui, je vais demander des analyses complémentaires. Mais je suppose qu'il faut qu'il commence le traitement en attendant, dans le doute… À moins que cela ne fausse les résultats des analyses ? Quel cauchemar ! Pardonnez-moi, je vous ennuie avec ces histoires sordides, vraiment, je suis navrée… C'est que je viens de l'apprendre, que je me sens complètement perdue. J'ai même peur de rentrer, et de lui parler ! Oui, vous avez raison. Vous êtes adorable. Allez, je vous laisse tranquille. Merci de m'avoir écoutée. Au plaisir. »

Je sais, c'est très laid de ma part. Plutôt efficace (on n'a plus beaucoup vu Lila sur le balcon durant les semaines qui ont suivi), mais très, très laid.

Ça n'a pas suffi, qui plus est. Ne voyant plus sa belle, et déjà bien mordu, Clark a dû batailler pour renouer le contact. Il a deviné que la mère de Lila cherchait à l'éloigner de lui, et il ne s'en est enflammé que davantage. Je ne pensais pas qu'il arriverait à ses fins, mais c'était naïf de ma part : le veto d'une mère ne pouvait pas grand-chose contre le charme de mon fils. Un charme pur et enfantin, auquel mes fausses rumeurs donnaient les relents de soufre qui lui manquaient encore ! J'aurais pu venir à bout d'une petite gourde en transe devant Justin Bieber, mais pas d'une fille qui écoutait Siouxsie and the Banshees.

Voyant qu'elle résistait, voyant qu'elle n'était pas idiote, crois-tu que j'aurais eu l'intelligence de l'accepter, et de m'en faire une alliée ? Toujours pas. J'ai été d'autant plus pressée de la voir disparaître du paysage. Je ne me l'explique pas, je te dis ! Je constate. Je ne sais pas non plus d'où m'est venue l'idée des pigeons. Dans toute cette affaire, je n'ai rien planifié sérieusement. Un matin, j'arrive à la table du petit-déjeuner, et je trouve mon Clark tout sombre, tout pensif. Je le sonde, je tends des perches, enfin il s'épanche : il parle de la jolie voisine, avec laquelle il commence à se lier d'amitié (tu parles !), et de la mauvaise mère de la donzelle, qui lui interdit de la fréquenter, alors que ses intentions sont tout ce qu'il y a de plus honnêtes (mon œil !). Et voilà qu'il me demande d'aller plaider sa cause auprès de la voisine, ou, si ça ne suffit pas, de les aider à se retrouver en cachette ! Ainsi en va parfois la vie : tu crois écrire un scénario de comics, et tu te prends les pieds dans un quiproquo de mauvaise comédie française.

Et là, à froid, à jeun, c'est sorti tout seul, du néant. Comme une nausée de femme enceinte. J'ai penché un peu la tête, froncé un brin le sourcil, laissé deux secondes de blanc, et j'ai lâché : « Tu savais qu'elle tuait des pigeons ? »

C'était tellement n'importe quoi que j'ai dû réprimer un fou rire, en plongeant dans mon bol de thé. Et le pauvre garçon me fixait, ébahi, la mâchoire pendante et la cuiller en berne. J'ai retrouvé mon souffle et enchaîné (une fois dans l'eau, il faut nager) : j'ai prétendu avoir surpris Lila canardant, si j'ose dire, les volatiles à coups de pierre, avant de les achever du talon.

Cette histoire imbécile m'a fait gagner quelques jours, le temps de planifier une série de séjours *culture et survie*, à l'étranger et dans la cambrousse française. Clark n'a pas remis les pieds à Paris, cette année-là. Je faisais seule les allers-retours nécessaires à mon boulot. J'ai un peu levé le pied, à cette période. N'ayant plus qu'un enfant à charge, j'avais moins de besoins. J'avais loué notre appartement, désormais trop grand ; quand je montais à Paris, je dormais tantôt à l'hôtel, tantôt chez un de mes collaborateurs. Souvent chez ce bon vieux Yannick, toujours aussi dévoué, qui se donnait un mal de chien pour décrocher des contrats compatibles avec l'image que je souhaitais donner et mes déplacements incessants. Ces exigences auraient pu me coûter le peu de notoriété que j'avais acquise. Au contraire, j'ai eu la chance qu'elles me fassent passer pour précieuse, aux yeux d'un certain monde ; en particulier lorsque j'ai décroché une campagne originale et bien fichue pour la préservation des paysages et de la biodiversité… Disons que j'étais une chieuse très *hype*.

J'ai donc loué, puis revendu l'appartement. Lorsque nous sommes revenus de notre périple, nous avons emménagé dans un tout autre quartier. J'ai dégoté, par un admirateur, un joli deux-pièces rue Mouffetard. C'est au lycée Louis-le-Grand que Clark a fait sa première rentrée, en classe de seconde (il était temps de raccrocher le wagon, si je voulais que ses études soient à la hauteur). Je pense qu'il n'a jamais revu Lila. Je ne sais pas s'il a essayé.

Entre-temps, au fil de nos expéditions, il avait connu plusieurs amourettes : des liaisons épisodiques avec de volages vacancières, ou des autochtones avides d'exotisme. De jolies filles de toutes les couleurs, avec lesquelles il tricotait de beaux souvenirs, futiles et sensuels. Rien de profond, ni rien de douloureux. Ils s'épinglaient mutuellement dans leur collection de trophées, comme des papillons colorés, et puis ils versaient quelques larmes avant de repartir en chasse.

Avec le recul, je me demande si je n'ai pas commis là une terrible erreur. Si je n'ai pas amoindri, écorné, voire gâché mon héros, en l'habituant au flirt plutôt qu'à la passion. Si je ne lui ai pas, égoïstement, fait rétrécir le cœur.

Au boulot !

Avant cette rentrée scolaire, c'est-à-dire avant de nous sédentariser, entre un stage d'arts martiaux en Corée et une expédition dans les Andes sans vivres ni bagages, nous avons mis en œuvre nos premières missions : Clark avait hâte de se rendre utile. J'avais prévu de l'épauler, au moins jusqu'à sa majorité.

Nous avions dans le collimateur, au sens large, tous les ennemis de l'environnement : sur le long terme, il s'agissait de s'en prendre aux grands groupes pollueurs, aux politiciens corrompus qui leur laissaient les coudées franches, et à tous ceux qui bouffaient à leurs râteliers. Il y avait de quoi faire. Mais un garçon de quatorze ans ne débarque pas chez Monsanto comme dans un moulin, même armé d'un sabre adéquat ! Il avait quelques années devant lui pour s'échauffer.

Nous avons défini ensemble une liste de cibles, hiérarchisées selon leur potentiel de nuisance et leur accessibilité. C'est en croisant ces deux critères (plus-value environnementale de l'expédition et risque de se faire choper) que nous avons sélectionné nos premiers objectifs. Tous sur le sol français, au départ : je ne voulais pas prendre le risque d'une arrestation à l'étranger, avec confiscation de passeports, qui nous aurait mis à la merci de procédures d'extradition oiseuses. Tu vois, comme je sais être raisonnable ? Penses-y, la prochaine fois que tu me traiteras de cinglée !

On s'est bien amusés, tu sais. Je suis sûre que les premiers épisodes t'auraient plu. La vie était un vaste jeu de rôle ; j'étais le maître du donjon, et mon guerrier défiait chaque jour une nouvelle hydre. Je lui rédigeais de vraies feuilles de personnage, de quête, illustrées de ma main. Elles avaient de la gueule, tu aurais dû voir ! J'ai tout brûlé depuis longtemps, malheureusement, sinon je te les aurais montrées. Peut-être qu'il t'en a parlé ? J'aimerais tellement qu'il te le raconte avec ses mots, pour que tu comprennes ce que nous avons vécu. Ce sont mes plus beaux souvenirs… Il faut que tu te rendes compte de quoi nous étions, de quoi il est *encore* capable – et aussi, hélas ! de quoi nous ne l'étions pas.

Je lui avais organisé une sorte de tour de France, à la manière des artisans. Un plan de formation, taillé sur mesure pour l'obtention du label Meilleur Écoterroriste de France, en quelque sorte. Nos premiers jobs ont récolté un franc succès. La mission initiale a consisté à entraver le projet d'installation d'un terrain de golf. Un facteur risque très faible, avec un véritable impact : l'idéal pour un super-héros débutant.

Je hais les terrains de golf depuis toujours. Un terrain de golf, c'est un paysage aberrant, qui se veut naturel sans l'être. Du vrai qui imite le faux. Une nature édulcorée, pour ne pas salir les pompes en cuir blanc de ceux qui veulent passer pour bucoliques. Ce n'est pas une prairie, c'est une pelouse ! Sans pierres, sans graminées, sans fleurs, sans taupinières… Une perruque verte épousant soigneusement un relief trafiqué. Et sais-tu que *chaque mètre cube* de ces foutus champs de trous sans ombre éponge près de sept mille litres d'eau par an ? Dans des coins où la sécheresse sévit chaque année – autant dire partout, à présent – j'appelle ça de la provocation. Sans parler des engrais, pesticides, fongicides…

Ces saloperies auraient été éradiquées de longue date, n'était le cœur de cible : qui dit golf, croit dire pognon. Et les marchands de vacances obtus de se bousculer au portillon, dans le fol espoir d'embourgeoiser leurs bouis-bouis…

Nous avons choisi le projet Paradise Green, un dix-huit-trous prévu dans le Var, en plein cœur d'un bassin-versant régulièrement placé en vigilance sécheresse. Un site charmant, gentiment beau, sans prétention. Deux collines boisées, entre lesquelles lézarde une rivière ; au pied de l'une, un petit étang. Cinquante hectares de campagne simple et chaleureuse. Le cadre d'un roman de Giono, offert en pâture à des hordes de riches crétins en polo Lacoste et culottes écossaises ! Insupportable. La vente du terrain allait être signée d'un jour à l'autre, il était trop tard pour espérer l'empêcher ; mais en allant très vite, nous pouvions encore jouer sur le délai de préemption de la mairie pour la faire annuler.

Nous étions euphoriques, en nous ruant sur place. J'avais eu l'intention de surjouer les montées d'adrénaline et l'implication affective, histoire que mon héros se sente valorisé, mais je n'ai eu aucun effort à faire : au pied du mur, j'avais quinze ans, comme lui ! Excitée comme une puce, le cœur battant la chamade, comme si je jouais ma vie dans cette entreprise dérisoire… Et c'était peut-être le cas.

Nous avons passé les jours qui ont suivi à sillonner le massif de la Sainte-Baume, à la recherche de toutes les espèces protégées que nous pourrions dénicher. C'est une véritable mine ! Et ce n'est pas l'endroit le plus vilain pour un bivouac : tu noteras que je sais joindre l'utile à l'agréable.

Nous avions dévalisé une grande enseigne d'animalerie et jardinage marseillaise, ne sachant pas au juste sur quelles bestioles nous tomberions ; la malle du break de location était pleine comme un œuf. On y trouvait des cages, bocaux et aquariums, des pots de différentes tailles, du terreau, un humidificateur d'air à piles, des assortiments de graines et d'insectes, de quoi nourrir tout et n'importe quoi…

Nous avons bien fait les choses, je t'assure. Le souci permanent qu'avait Clark de réduire notre empreinte au minimum, tout en assurant le coup, était impressionnant. Seule, j'aurais moins fait dans la dentelle ! Nous avons prélevé des œufs et des têtards de pélodyte ponctué (ou crapaud persillé) pour en peupler le petit étang. Nous avons trouvé trois cocons et six chenilles de Diane, que nous avons installés aussi confortablement que possible en bord de rivière, sur un carré de leurs aristoloches à feuilles rondes préférées. Nous avons transplanté des jacinthes à trois feuilles, et de l'ail à petites fleurs. Le troisième jour, nous avons eu la chance de trouver un taupin violacé sous l'écorce d'un vieux hêtre : l'insecte est assez moche, mais rarissime. C'était le moment d'arrêter. Clark regrettait de ne pas avoir coché toutes les espèces de notre liste, mais nous devions faire vite, et demeurer crédibles. La nuit suivante, nous avons mis en place les œufs et les têtards, ainsi que les espèces végétales, soigneusement arrosées, en veillant à laisser aussi peu d'indices que possible de leur plantation récente. Du travail d'artistes ! Nous avons tout de même attendu quarante-huit heures, pour que s'effacent nos quelques traces. Le terrain avait été abondamment piétiné par les promoteurs, paysagistes et techniciens en tout genre au cours des jours précédents, ce qui a bien aidé.

Nous avons enfin introduit les insectes, juste avant l'aube, en gardant pour la fin le taupin, que nous avons fourré dans une cavité facile à repérer à la base du tronc d'un vieux chêne, en lisière du terrain. J'ai un peu gazé le taupin, à toi, je peux l'avouer (même si Clark ne l'a jamais su). J'avais tellement peur qu'il se barre ! Mais je pense qu'il a survécu. En tout cas, il bougeait un peu. Quoi qu'il en soit, un taupin isolé n'aurait pas pu changer grand-chose au destin de son espèce. Le temps d'aller vider et nettoyer la voiture, et nous étions de retour sur place, de bon matin, tels de gentils promeneurs écolos, armés de jumelles et d'appareils photo de compétition à bonnettes macro. Et nous voici plantés devant le taupin, mitraillant la bête, jubilant à pleine voix avec le lyrisme voulu, passant les coups de fil qu'il faut pour alerter qui de droit… Le temps que débarquent deux membres d'associations de défense de l'environnement, dont l'un était pigiste dans la presse locale, le maire et un représentant du proprio avaient déjà pointé leur nez : trop tard.

Le terrain n'étant pas encore clôturé de ce côté, il était compréhensible que des entomologistes amateurs, réjouis par leur découverte, aient poussé plus loin le repérage. Nos Dianes se pavanaient sous l'objectif, le pigiste s'extasiait sur les têtards, son camarade comptait les jacinthes. À la première tentative de nous mettre dehors, la menace fut brandie d'un article sanglant, d'une occupation pacifique et d'un procès en règle. Le maire connaissait les deux lascars, dont la ténacité m'avait été vantée… Beaucoup de pognon était en jeu, mais son siège de maire ne l'était pas moins, d'autant qu'il n'avait pas choisi le meilleur camp lors des régionales. Il céda très vite, et fit annuler la vente. Nous venions de remplir notre première mission !

De retour à Marseille, nous avons fêté la victoire à la plage de la Pointe-Rouge, à coups d'énormes glaces multicolores. Si tu nous avais vus ! Nous exultions, deux sales gamins ravis de leur bonne blague… Et fiers de nous, avec ça. Ce n'est pas rien, tout de même. Comment voudrais-tu que je regrette ? D'autant que ce n'était qu'un début.

Fibre écolo

Mon choix de la Corse comme cadre de notre deuxième mission n'était pas anodin. Dans ce décor somptueux, le contraste entre l'élégance austère du bâti ancien et l'ignominie tape-à-l'œil des constructions récentes est frappant, presque insoutenable. Mais ce n'est pas, hélas ! la seule région dans ce cas. Ce qui m'y attirait tout particulièrement était que la Corse avait connu, par le passé, de beaux exemples de résistance organisée aux agressions bétonnières. Ces temps sont révolus : l'île connaît encore quelques plasticages, mais il s'agit plutôt de libre régulation de la concurrence entre promoteurs que de croisades idéalistes. On a beau recenser encore, çà et là, deux ou trois bombinettes à portée symbolique, les mafieux dorment tranquilles ; elles ne font guère de mal qu'aux vitres des banques et administrations. Il serait pourtant urgent de souffler sur les braises, avant que le foyer n'ait tout à fait refroidi.

Nous avons décidé de nous y rendre, pour expérimenter une stratégie dont l'idée m'était venue lors d'une fin de soirée sinistre, où j'avais épongé – dans l'espoir d'un contrat juteux – les larmes de crocodile bourré d'un client de Yannick, promoteur immobilier de son état, que les scandales liés à l'amiante avaient éclaboussé copieusement. J'avais déduit de ses jérémiades qu'il serait possible d'obtenir la destruction pure et simple d'un bâtiment laid, en jouant, si j'ose dire, sur la fibre sécuritaire.

Tout à mon rôle d'éducatrice, je rêvais, en marge de la formation de mon héros, de profiter de notre séjour pour offrir de nouvelles pistes de réflexion et d'action à la jeunesse locale – je ne doutais pas, dans le cas où ma technique ferait ses preuves, que l'on puisse s'en inspirer. D'autant qu'elle limitait les risques de dommages collatéraux : jouer avec des explosifs n'est pas anodin, surtout dans des zones habitées. Hélas ! mille fois hélas ! l'occasion ne s'est pas présentée : le statut de touristes inoffensifs, qui nous garantissait l'anonymat, ne nous permettait pas de nouer les contacts adéquats sans prendre de gros risques.

En ce qui concerne la cible, nous n'avions, à vue de nez, que l'embarras du choix. Le littoral souffrait de toute part d'éruptions architecturales rivalisant de mauvais goût. La méthode choisie limitait notre spectre : seules les constructions antérieures aux années quatre-vingt-dix pouvaient se prêter au scénario. Il fallait, par ailleurs, que le bâtiment choisi ait été fréquenté de manière régulière et assidue par un nombre important d'individus répertoriés, ce qui m'amena à préférer, à un lotissement hideux de la plaine orientale qui hérissait particulièrement Clark, un club de vacances à peine moins laid situé sur la côte opposée. Une abomination, constituée d'une verrue principale – qui abritait les services administratifs, la salle de sport et le bar-restaurant – et d'une myriade de bungalows beigeasses, répartis dans le seul souci de rationaliser et de rentabiliser chaque mètre carré, avec un résultat digne des plus gros élevages porcins. À cet ensemble s'ajoutait l'inévitable piscine bleu canard gras, jouxtée de parasols en faux raphia. Sur la plage même, un abri pour scooters des mers couvert de panneaux publicitaires criards et – ultime touche de modernité – un garage à quads, offrant au vacancier hydrophobe la possibilité de polluer lui aussi la plage, sans toucher l'eau.

Après avoir effectué les repérages de surface en plein mois d'août, à une période où n'importe qui pouvait aller et venir dans le club sans éveiller le moindre soupçon, nous avons consacré l'arrière-saison à une enquête en profondeur. Il s'agissait d'identifier le personnel embauché depuis plusieurs années et, surtout, de retrouver la trace d'anciens employés, si possible à la retraite, ayant travaillé de nombreuses saisons dans le club ; il nous fallait ensuite en apprendre le plus possible sur leur état de santé. En passant près d'un mois dans le village, nous n'avons pas eu de mal à délier les langues : ceux qui croient à l'*omertà* n'ont jamais fréquenté une île.

Le club ayant ouvert en 1976, il était statistiquement inévitable de tomber sur d'anciens employés cancéreux, morts ou vifs. Nous en avons déniché cinq qui nous intéressaient directement : trois poumons (dont deux morts), un estomac, et un cancer de la plèvre. Plus quelques asthmatiques parmi les rejetons du personnel, et un somptueux moniteur de plongée, décédé d'un infarctus à un âge inacceptable. Il y avait de quoi faire, et nous ne doutions pas que d'autres se signaleraient d'eux-mêmes.

Juste après le départ des derniers vacanciers, avant que le staff et les quelques saisonniers restants n'aient entamé l'inventaire et le grand ménage, afin de fermer les lieux jusqu'au printemps suivant, nous nous sommes introduits dans les locaux, sans effort. Les bungalows croupis étaient restés béants pour permettre une hypothétique aération, et le bâtiment principal, où se préparait la fête de fin de saison, grouillait d'employés fiévreux et de livreurs inconnus. Nous avons parcouru les lieux sans hâte, répandant à chaque passage quelques pincées de fibres d'amiante sur le sol, avec une prédilection pour les coins et les plinthes. Nous avons accédé sans peine, par les cuisines, à l'étroit espace séparant le toit du faux plafond : c'est là que nous avons concentré le plus gros de notre stock, issu de la patiente récupération et de l'émiettement soigneux d'un de ces flocages duveteux si répandus dans mon enfance, prélevé dans un immeuble en ruine à demi incendié. Le tout conditionné dans des sachets étanches, à l'intérieur de cubis de vin de Toscane, eux-mêmes trimballés dans une malle robuste au fond du coffre de ma voiture.

Nous avons évité la cuisine elle-même, ainsi que la salle de réception. Clark répugnait à exposer inutilement le personnel, et je savais de toute manière que le ménage y serait fait dès le lendemain, sans doute plus soigneusement qu'ailleurs.

La première volée de lettres anonymes a touché ses destinataires dans la matinée qui a suivi la fête. Elle visait plusieurs responsables politiques, les employés malades et leurs familles, la médecine du travail et la presse. Un soi-disant ancien saisonnier originaire de la région, *souhaitant garder l'anonymat*, évoquait des problèmes respiratoires, et le décès suspect d'un membre de sa famille ayant participé à la construction des locaux. Il souhaitait qu'une expertise ait lieu, pour éviter que le club ne fasse d'autres victimes. Il avait appris qu'il n'était sans doute pas le seul, et souhaitait savoir si d'autres que lui étaient prêts à se porter partie civile, auquel cas ils pourraient s'associer : unis, ils seraient de taille à affronter les responsables. Il prétendait enfin avoir tenté, sans succès, d'alerter directement la direction du club, laquelle lui aurait *ri au nez*, et conseillé de manière musclée de fermer sa gueule.

L'ajout de ce dernier détail n'était guère charitable, et Clark en contestait le bien-fondé. Mais il nous fallait justifier l'anonymat du lanceur d'alerte fictif! Et le combo quad + scooters des mers m'ôtait le peu de scrupules que j'aurais pu avoir : ces gens étaient hautement toxiques. J'ai fait valoir à Clark qu'ils ne risqueraient pas de prison ferme, puisque nul autre que notre ami imaginaire ne témoignerait contre eux… J'aurais préféré que ce soit faux, d'ailleurs, et qu'ils croupissent tous dans leur jus au fond d'un cachot médiéval; mais j'ai bien peur que ç'ait été la vérité.

À cette limite près, le succès fut total. Une victoire à la Pyrrhus. Le club n'a jamais réouvert. Après un hiver de suspens médiatico-judiciaire, puis une saison annulée au nom du principe de précaution, des analyses complémentaires vinrent confirmer la présence d'une quantité significative de fibres, sans parvenir à en expliquer l'origine précise. Les locaux furent aussitôt confinés, et la décision prise de faire démonter dans les règles l'édifice, qui ne valait plus ce qu'aurait coûté un désamiantage compliqué. La société qui gérait le club se saborda pour éviter d'avoir à gérer la démolition, et surtout à régler les indemnités demandées par les victimes : plus de vingt familles d'habitués étaient venues ajouter leurs noms à la liste des plaignants ! J'ai cessé de suivre le feuilleton à peu près à ce moment-là. Je ne sais pas si certains d'entre eux ont pu obtenir quelque chose. Si c'est le cas, ma foi, qu'ils en profitent : avoir un tiers à blâmer pour sa maladie, ou la mort de ses proches, est toujours une consolation. Et puis, qui sait ? Peut-être cet épisode aura-t-il dissuadé certains d'entre eux de passer leurs vacances dans des préfabriqués sordides.

Un coup dans l'eau

Nous avons passé à Malo-les-Bains l'été précédant la première rentrée de ton frère. Tu connais ? C'est la station balnéaire de Dunkerque. Nous avons visité le port, son musée, son phare et son bateau-feu, enchaîné balades à vélo et char à voile… comme une famille normale ! Nous devions à tout prix nous fondre dans le paysage, car cette mission était plus dangereuse que la précédente. Trop dangereuse, pour tout dire. Avec le recul, je me rends compte que je n'aurais jamais dû céder, l'impact ne le justifiait pas ; seulement voilà : c'était *son* idée.

Clark avait pris un plaisir fou à nos premiers raids. Je découvrais chez lui une joie de vivre nouvelle, étouffée jusque-là par la pression nécessaire à sa préparation physique et mentale. Il avait beaucoup grandi, et apprivoisé son corps. Il se sentait fort, utile et courageux. Il était libre de transgresser les lois, en ayant de son côté la morale et sa mère ! Quel adolescent n'en rêverait pas ? Cette euphorie était contagieuse, nous nous sommes emballés.

Dans le cadre de son initiation théorique, nous avions visionné quantité de films présentant les actions musclées des écologistes du monde entier. Les combats de Greenpeace et de Sea Shepherd avaient sa préférence. Mon grand garçon avait trouvé dans ces magnifiques marins abordant les baleiniers et autres pétroliers à bord de leurs esquifs, tel Surcouf sur son frêle *Renard* défiant la flotte de Sa Majesté britannique, les modèles masculins qui lui manquaient. Il lisait Conrad, Hemingway, Melville, Heyerdahl, Forester et Farley Mowat, avait demandé à faire un stage de voile, et à passer le permis bateau dès que possible. Le voir fixer l'horizon, fouetté par les embruns, n'était pas pour me déplaire, même si ces actions sympathiques n'étaient pas à la hauteur de ce que j'attendais de lui à plus long terme (on ne sacrifie pas un fils pour sauver des thons).

Il m'a donc suppliée de consacrer notre troisième mission à donner un coup de main à ses idoles. Il s'est occupé seul de toute la phase de recherches, avec un sérieux remarquable. Il a enquêté sur une sélection de nuisibles, des chalutiers pélagiques régulièrement mis en cause dans des affaires de dépassement de quotas ou de gruge sur la profondeur réglementaire. Pas des petits chaluts à l'ancienne, non ! Le genre méga-aspirateurs à poissons, avec congélo intégré ; de ceux qui te transforment un dauphin en sachet de surimi en moins de trois minutes, mayonnaise comprise.

Il a passé des heures à étudier leurs habitudes, leur fonctionnement, à repérer leurs mouvements et trajets sur le site MarineTraffic, et à en étudier les plans en cherchant leurs points faibles. C'était vraiment complexe. En période d'activité, ces véroles flottantes étaient gardées comme des ambassades du Proche-Orient. Un peu par crainte des écolos, mais aussi et surtout de leurs propres collègues, notamment des Basques espagnols, qui leur disputaient le golfe de Gascogne. Ils étaient dotés de caméras de surveillance, et leurs équipages comptaient plusieurs dizaines de marins. Hors des campagnes de pêche, ils pouvaient paraître un peu plus accessibles, mais guère plus vulnérables : il est assez douteux qu'une avarie puisse survenir sur un bateau à quai, donc s'en prendre à eux dans ces périodes imposait de renoncer à simuler l'accident.

J'ai tenté de convaincre Clark qu'il n'était pas forcément prêt à assumer les conséquences d'un acte criminel reconnu pour tel, qu'il s'agisse de l'enquête de police, ou des victimes qui tenteraient de régler leurs comptes directement. Je savais à qui nous aurions affaire ! Les marins eux-mêmes n'étaient pas des tendres, mais ils faisaient figure de doux agneaux, en comparaison des salauds qui pilotaient à distance ces gros joujoux.

C'est en songeant aux super-prédateurs en question, confortablement installés dans leurs bureaux luxueux du 16e arrondissement ou de Rotterdam, que l'idée m'a traversé l'esprit d'affronter le problème sous un autre angle. Il me semblait assez vain d'aller emmerder de pauvres prolétaires des océans sans le moindre pouvoir décisionnel ; ou de causer des dégâts matériels à une société dont le chiffre d'affaires ahurissant ne frémirait pas d'une virgule. Il aurait fallu, pour prétendre à un véritable impact avec les moyens dont nous disposions, frapper plus haut. Neutraliser un de ces navires était autrement plus difficile que d'atteindre un de ces hommes… La mort d'un dirigeant gênerait une société ; un homicide identifié, supposant une enquête approfondie et des poursuites judiciaires, pourrait même entraver durablement son activité.

Je n'en ai pas parlé à Clark, je te rassure ! Ni ce jour-là, ni plus tard, bien que l'assassinat me soit fréquemment apparu comme la solution la plus rationnelle – et la moins coûteuse à mettre en place. Mais force est de reconnaître qu'aucun tueur en série ne figure dans les rangs des super-héros. Certains des grands noms des comics, comme déjà de la mythologie antique, ont massacré un paquet de gens – y compris des innocents ; c'est le cas d'Hercule, par exemple – mais pas de leur plein gré ! Ils tuaient dans le cadre d'un conflit qu'ils n'avaient pas provoqué, manipulés par les Dieux jaloux ou les forces du Mal… Aucun assassin à froid dans les rangs du Bien, de mémoire d'homme. À croire que ce tabou a sa raison d'être. (À titre personnel, je n'en ai pas une conviction intime.)

Ton frère avait un argument de poids : cette année-là, il n'était pas encore pénalement responsable ; en dépit de sa carrure, il avait encore l'air d'un enfant lorsqu'il souriait – d'un bel enfant au regard clair, de ceux qui inspirent confiance. Son allure, son bagout, son intérêt non simulé pour la navigation et les métiers de la mer, voilà qui explique le succès de cette entreprise irresponsable.

Nous avions pensé profiter du carénage d'un de ces monstres marins pour atteindre discrètement ses organes sensibles (comme le loch électronique, qui mesure la vitesse du navire, couplé à la poulie qui évalue la tension du câble), mais l'option était hasardeuse. Sans compter qu'elle repoussait l'échéance de plusieurs mois. Nous avons donc opté pour un plan bourrin, tel qu'il peut l'être s'il est conçu et mis en œuvre à cent pour cent par un garçon de quinze ans… Explosifs maison, dispositif de mise à feu rudimentaire, tout cela bricolé par le môme, sans aide, à partir de tutoriels trouvés en ligne ! Rien que pour cette belle démonstration d'autonomie, je ne le regrette pas. Je ne suis même pas montée sur ce foutu rafiot, tu te rends compte ?!

J'ai regardé, à bonne distance, le gamin grimper à bord du *Ægis Kjafta* dans le cadre d'une visite organisée ; le cœur serré comme, j'imagine, celui d'une authentique mère de marin. Il portait sur ses cheveux longs une casquette flanquée du logo d'un lycée maritime breton ; le matériel repérable était planqué sous son duffle-coat, en cas de fouille du sac à dos. Lorsque le reste du groupe a quitté le navire, il est resté à bord un bon moment – le temps pour moi de me retourner les sangs plusieurs fois, en guettant l'éventuelle sirène d'une voiture de police. Mais rien de tel, tout s'était déroulé sans faille, et je l'ai vu dévaler la passerelle en saluant deux membres de l'équipage à peine plus vieux que lui d'un joyeux « À ce soir, les gars ! » C'était beau comme du Fassbinder.

Les deux gamins en question ont-ils fait le lien, après coup, entre le lapin posé par ce bel inconnu, et l'incendie qui a pris dans la salle des machines pendant qu'ils l'attendaient au bar ? Sans doute, mais il est peu probable qu'ils se soient vantés devant leurs supérieurs de l'avoir laissé vadrouiller à bord sans surveillance. L'enquête n'a pas été bien loin, à ma connaissance. Le feu n'était pas encore éteint lorsque j'ai rendu les clefs du gîte. À la sortie de la ville, j'ai déposé dans une benne le sac-poubelle contenant les fringues et les belles boucles du môme, devenu tout à coup beaucoup moins môme, avec ses cheveux ras et ses mâchoires serrées.

Cette détermination nouvelle, sa silhouette athlétique et la sauvagerie qu'il avait dans l'œil ont produit leur petit effet au lycée Louis-le-Grand, tu peux me croire. La bonne bourgeoisie parisienne n'avait pas l'habitude d'en croiser des comme ça en dehors du RER. Ton frère ne s'est pas fait de copains durant ces trois années : les garçons tenaient prudemment leurs distances. Beaucoup de copines, en revanche, toutes un peu plus âgées que lui. Des étudiantes en lettres ou en arts, gentiment délurées, qui jouaient à se paumer un temps pour mieux se recaser derrière… Tu vois le genre.

Clark leur offrait un cocktail irrésistible : inquiétant d'apparence, il s'avérait, lorsqu'il parlait, d'une courtoisie extrême, vaguement désuète, qui ne le rendait que plus mystérieux – d'autant qu'il parlait peu. Son ignorance complète des sous-produits culturels à la mode, et son manque d'intérêt flagrant pour toute question non essentielle, ajoutaient à l'énigme. Ces aventures, toutefois, n'allèrent jamais bien loin. Les demoiselles prenaient mon fils dans leurs filets comme un oiseau rare, puis l'invitaient un certain nombre de fois à sortir en leur compagnie, histoire d'exhiber l'animal. Il enchaînait ainsi à leur bras une poignée de soirées branchées, vernissages confidentiels, projections underground et performances diverses. Puis les belles relâchaient leur prise, sans doute vexées de ne pas savoir ôter sa carapace, à moins qu'elles n'aient soudain pris conscience de son âge – je n'ai jamais su s'il leur mentait sur ce point. Sans doute, au moins par omission.

Je ne m'en mêlais plus. J'avais toujours mauvaise conscience, depuis l'affaire de la fille aux pigeons, et j'étais résolue à n'observer qu'à une distance prudente ses démêlés sentimentaux. Mais j'étais soulagée de constater qu'il ne s'y investissait guère : il semblait juste heureux de plaire, et d'accéder *via* ses conquêtes (ou plutôt en tant que conquête) à un semblant de vie sociale.

Quant à ses études proprement dites, elles ne lui demandaient que peu d'efforts, passé un temps d'adaptation à l'arbitraire des consignes scolaires, qui jusque-là lui avait été épargné. Je ne peux pas évoquer sans sourire l'air sincèrement interloqué avec lequel il accueillait les reproches de ses professeurs, qui lui demandaient de bien vouloir *rédiger ses réponses* à l'aide de *phrases complètes*. Pauvre gosse, habitué depuis le berceau à peser chacun de ses mots ! Il fallut bien que mon samouraï mette un peu d'eau dans son saké.

Au bout de quelques semaines, il avait intégré les codes en vigueur, et me pressait de consacrer nos vacances à *des choses plus importantes*.

Pavillon noir

Son équipée portuaire me l'ayant montré sous un jour nouveau, j'ai résolu de proposer à Clark, pour la mission suivante, un projet de sabotage actif de plus grande ampleur, et à long terme : il s'agissait de mener à la faillite une boîte de travaux publics néfaste. Au terme d'un mois d'enquête sur Internet et de trois visites de terrain, nous avons achevé le casting et choisi notre ennemi.

Nos critères étaient les suivants :

– L'entreprise devait s'être spécialisée dans la construction de logements laids et déprimants. Nous visions le clonage pavillonnaire extrême : entassement de populations fragiles dans des clapiers siamois, avec promiscuité assurée, aucun accès possible à la vie sans essence, et trente mètres carrés de pelouse à tondre pour exclure toute grasse matinée.

– L'ennemi devait être d'une taille raisonnable, sans quoi sa fermeture aurait eu le type d'impact social (et surtout électoral) qui pousse l'État à renflouer.

– Sa santé financière devait être fragile, pour ne pas dire chancelante, si nous voulions qu'une année de galère puisse lui faire mettre la clef sous la porte.

– Les chantiers devaient être accessibles depuis la région parisienne, car nous étions maintenant, lycée oblige, moins disponibles. Je visais au départ la grande couronne, mais la plupart des marchés y étaient remportés par de très gros groupes, hors de notre portée de tir. Il a fallu pousser la recherche un peu plus loin, vers l'Indre et la Mayenne, pour que le repérage porte ses fruits.

Je ne prétendrai pas que ces équipées aient eu le charme de nos virées en Corse ou sur les pentes de la Sainte-Baume, mais l'ambiance était bonne. Je mesurais avec plaisir, au fil de nos découvertes, la puissance brute d'indignation de Clark, et sa maîtrise. Un bouillonnement de rage l'animait constamment, sans l'épuiser ni générer d'épanchements fâcheux. À peine un peu d'acné... Pas de quoi entamer sa fièvre de redresseur de torts, ni sa soif de comprendre ce qui sapait l'ordre du monde.

Parmi les trois candidats sélectionnés à distance, le choix a été délicat. J'avais la sensation qu'ils s'étaient engagés, bien avant notre intervention, dans une compétition secrète pour la palme du plus bel enfoiré.

Nous avons été attirés par un jeune M. Lestinche, fils de feu Lestinche Marcel, « maçonnerie générale, artisan et compagnon de France ». Le jeune Lestinche avait fait de la PME paternelle une boîte de taille respectable, assez pour partir à la conquête des marchés publics, ce qui lui avait attiré, un temps, l'estime de ses concitoyens. Hélas ! ils avaient vite déchanté. Non seulement les lotissements laids du gamin avaient pourri le peu de paysage dont disposait le patelin, déjà fort à l'étroit entre une autoroute et une voie TGV, mais l'individu s'était avéré avoir les yeux plus gros que le ventre, et le nez plus creux pour la coke que pour les affaires. Il avait hasardé les actifs de la boîte dans des coups de Bourse irrationnels, dont il avait sniffé les rares plus-values. Au bout de dix ans, la comptabilité de Lestinche SARL était plus vérolée qu'un bordel de garnison ! L'affreux cherchait en douce à se recaser, jouant son fonds et ses contacts pour gagner une place quelque part, sans faire mine de s'intéresser au sort de ses quarante employés (pour ne parler que de ceux qu'il déclarait).

C'est cette maladresse qui l'a sauvé de nous : en apprenant (sans doute par une indiscrétion d'un concurrent) que leur rat de capitaine comptait tirer sa révérence à bord d'un canot de sauvetage, les salariés de Lestinche ont vu rouge. Lorsque nous sommes venus visiter le chantier de l'immonde lotissement qu'il comptait baptiser Les Hauts de Clair Moulin (ce que je trouvais gonflé, pour un fond de cuvette jouxtant une zone industrielle), le travail avait déjà cessé : en taillant le bout de gras avec quelques ouvriers qui confectionnaient une banderole, nous avons compris que le jeune Lestinche était assez grand pour couler sa boîte tout seul.

Nous restaient, à ma gauche, un Xavier Ramport, et à ma droite, un Charles Broux. Deux bestiaux de gabarit comparable, la cinquantaine entretenue, l'un plus rougeaud, et l'autre plus bilieux. Deux notables encravatés ; de ces huiles qui graissent tout ce qu'elles touchent. Dans leur sillage, se murmuraient mille petites escroqueries dont ces gens rient entre eux, à pleines dents trop blanches : les petits arrangements avec la concurrence ; les élus tenus par la bride ; les permis de construire litigieux ; les dérogations aux normes contraignantes ; les zones plus-si-inondables-en-fin-de-compte ; les niches fiscales, ou l'évasion du même nom. Ils se valaient en tout, Ramport et Charles Broux.

Broux devait l'emporter, au motif que son Bella Vista comptait douze verrues pavillonnaires de plus que les Bergeries de la Chesnaie de son rival, lorsque Clark souleva le lièvre qui fit déborder le civet : la société de Ramport s'était illustrée deux ans plus tôt par l'édification, à très grands frais, d'une maison de retraite à l'autre bout du département. Un chantier juteux, qu'il avait su si bien rogner de toute part, rongeant chaque os et suçotant la moelle, qu'à l'arrivée les pensionnaires n'avaient plus la place de se retourner dans les douches ; ils se gelaient à l'étage et suaient au rez-de-chaussée. Du moins pour ceux que leur famille n'avait pas les moyens de sortir de ce vaste traquenard, en attendant que les problèmes d'étanchéité et d'évacuation des eaux usées soient en voie de résolution.

Ce chef-d'œuvre fit accéder Xavier Ramport au statut de super-vilain.

De janvier à juillet, nous harcelâmes méthodiquement la société de Ramport : DRIM Construction. Leurs engins de chantier se mirent à enchaîner les pannes à un rythme affolant. Nous versions des saloperies dans leurs réservoirs, ou usions leurs durites au papier de verre. Un incendie *d'origine électrique* détruisit leurs locaux administratifs. Leurs canalisations et leur approvisionnement en carburant connurent des aléas variés : une guigne sans nom ! Ramport finit par flairer le coup tordu, mais les mâchoires du piège lui avaient déjà broyé le pied lorsqu'il songea à renforcer la surveillance.

Les Bergeries de la Chesnaie avaient accumulé un retard monstre. Ramport était plus rougeaud que jamais, sa trésorerie exsangue, et il trouvait chaque dimanche moins de partenaires de golf. Il perdit plusieurs appels d'offres d'affilée. En abattant ses dernières cartes il put obtenir un sursis, mais finit bel et bien par mettre la clef sous la porte au bout de deux ans.

Ce fut notre dernier succès sans partage. Nos résultats suivants furent, au mieux, mitigés. Peut-être parce que nous visions trop haut, comme dans le cas de la cinquième mission ; peut-être aussi parce que ton frère s'émancipait de plus en plus, et que notre fonctionnement d'équipe s'en ressentait. Ses priorités, ses valeurs et surtout ses limites s'éloignaient peu à peu des miennes, à mesure qu'il devenait quelqu'un. Je vais te conter nos échecs comme je t'ai narré nos victoires, j'entends avec la même franchise, mais sans doute serai-je moins lyrique : on ne se refait pas.

Nous n'avons pas eu la Lorraine

L'industrie nucléaire n'est pas un adversaire de pacotille. Il fallait que nous soyons sacrément gonflés, quand j'y pense, pour imaginer en venir à bout tous les deux, avec nos petits poings serrés ! En rêvant de compromettre, ou même de retarder le projet d'enfouissement de déchets nucléaires dans la Meuse, j'avoue que nous étions plus proches de Don Quichotte que des Avengers.

Cette mission s'est soldée par un abandon pur et simple. L'idée était pourtant enthousiasmante, sur le papier : nous avions appris par la presse qu'à l'issue d'une série d'études géologiques (hors de prix), destinées à évaluer quel serait le moins mauvais terrain pour enfouir un paquet de déchets radioactifs, le choix des pouvoirs publics s'était finalement porté, par défaut, sur l'une des plus mauvaises options. Au seul motif qu'il n'y avait pas assez d'habitants dans le secteur pour s'y opposer efficacement ! L'enfouissement serait donc moins profond que prévu, à peine cinq cents mètres ; à proximité, qui plus est, des failles géologiques de la Marne et de Gondrecourt. Tout ça par manque de bras dans le secteur. Il y avait là une injustice criante, qui nous semblait justifier l'intervention d'un super-héros.

C'était un beau projet, mais dont la réalisation s'est tout de suite avérée ardue : le chantier était extrêmement sécurisé, non seulement par crainte d'initiatives comme la nôtre, mais aussi parce qu'un accident mortel l'avait endeuillé récemment. À côté du site de Bure, l'*Ægis Kjafta* faisait figure de bateau-mouche, et les chantiers de DRIM Construction de sympathiques parcs d'attractions. Nous peinions à définir par quel bout le prendre, mais aussi à évaluer les conséquences de nos actes, au cas fort improbable où nous parviendrions à un résultat… Que le site ne soit pas disponible aussi vite que prévu, ou même que l'ANDRA y renonce définitivement (et pourquoi diable auraient-ils fait une chose pareille ?), les déchets radioactifs ne s'en accumuleraient pas moins ! Où ? Nous n'avions aucun élément de réponse à cette question. Aucune raison de penser qu'un site alternatif ne serait pas pire. S'il ne s'en trouvait pas, on risquerait, la situation s'éternisant, de connaître un de ces drames du provisoire-qui-dure ; à moins qu'un peu de morgue postcoloniale ne conduise nos élus à aller enterrer tout cela sous le tapis des autres, et qu'un pays du tiers-monde ne fasse les frais de nos élans de justiciers – ç'aurait été le comble.

Quand nous avons renoncé à cette idée, l'été était déjà trop avancé pour envisager une autre action d'envergure avant la rentrée. J'ai suggéré un petit trek en altitude, pour nous remettre en forme et digérer cette déception, mais Clark n'a pas voulu partir : au détour de nos repérages malhabiles, il s'était pris d'un intérêt subit pour la Grande Guerre. Sous prétexte de préparer l'épreuve d'histoire du bac, il a réclamé de consacrer les semaines qui nous restaient à crapahuter dans la région, de la crête des Éparges à l'ossuaire de Douaumont, en passant par le fort de Vaux. Comme à son habitude, il ne faisait pas les choses à moitié. Entre visites de sites et de musées, films et documentaires téléchargés quotidiennement, livres et archives traités à grande vitesse, il a bouffé la guerre et la boue des tranchées plus vite qu'un obus de mortier.

Cette saloperie de guerre ! Peut-être la plus laide qui soit. La fin d'une certaine idée du progrès, de l'humanisme, de la civilisation. Et de l'héroïsme. Je n'arrivais pas à suivre Clark. Ces visites me glaçaient le sang, mais les faits et chiffres alignés ne s'imprimaient pas pour autant dans ma tête. Ce passé était froid, et je n'y pouvais rien. Froid comme la glaise et les charniers, froid comme les os sans sépulture, les monuments américains. Je voulais m'en aller. Mais quand je tentais de relancer l'idée, Clark me répondait distraitement que je pouvais rentrer, qu'il n'avait pas besoin de moi, *puisque le gîte était payé*.

Je n'en restais pas moins dans le secteur, inquiète de ce qu'il me semblait voir tournoyer dans la cervelle de mon fils : tous ces individus, qui n'avaient pas compté et qu'on ne comptait plus ; les mensonges d'État et autres trahisons ; la seule fraternité sauvant, parfois, quelques anonymes de l'enfer… Tous des héros – tous, c'est-à-dire personne. Et parmi les seuls noms à émerger de ce brouillard, les rares *héros* officiels de Verdun, il y avait Philippe Pétain ! Largement de quoi gazer une vocation.

Je m'accrochais à l'idée que la rentrée était proche, que nous allions reprendre le cours de notre vie ; mais bien qu'il en ait été ainsi, et que la boulimie de culture de Clark se soit bientôt portée sur de nouveaux sujets, je pense que cette sale guerre a érodé quelque chose de son héroïsme naissant.

La Der des Ders

L'été suivant, le dernier avant sa majorité, Clark m'a demandé la permission de concevoir et d'organiser seul une mission. J'ai accepté, à la condition qu'il ne vise pas trop haut, que l'opération dure un temps raisonnable, que je conserve un droit de regard sur le choix de la région (pour ne pas me retrouver coincée, en cas d'échec, sur un site historiquement toxique), et qu'il me donne un rôle dans l'affaire. Si tout se déroulait sans accroc, il devait s'agir de sa dernière action sous tutelle ; une transition vers sa carrière de héros solitaire proprement dite. Je le sentais vibrant à cette idée. Cette exaltation me rassurait, dissipait mes angoisses lorraines.

Après avoir envisagé un temps de pirater une centrale au fuel lourd, qu'EDF venait, par une énième dérogation, d'autoriser à polluer pour une décennie de plus, au mépris des alertes lancées par les urgentistes du coin, Clark s'est réorienté vers une cible supposée plus accessible, parce que moins médiatisée. Il a décidé de chercher à entraver le *traitement* de choc, par des requins sans âme, d'un groupement de vignobles du Blayais. Les propriétés étaient petites, mais totalisaient, bout à bout, une centaine d'hectares. Clark avait repéré le local dans lequel le consortium entreposait, au bas mot, les quinze tonnes légales de « produits phytopharmaceutiques » qui devaient être épandus au cours de la campagne d'été. Son intention était d'altérer un certain nombre de bidons au moyen d'une solution acide, afin d'entraîner quelques fuites et de jeter le soupçon sur tout le stock, qui devrait alors être détruit.

Les contraintes de calendrier étaient telles qu'il semblait ardu pour le groupe de se procurer l'équivalent en temps utile, d'autant qu'agriculteurs et industriels chercheraient certainement à se reprocher mutuellement ce gâchis : il y en avait pour un sacré paquet de pognon.

Au cours des trois semaines que nous avons passées dans la région, Clark n'a pas eu le temps de se pencher sur l'histoire locale. J'avais envisagé, le cas échéant, de le brancher sur Aliénor d'Aquitaine, mais je n'en ai pas eu besoin. La chimie était sa passion du moment, et pour lui sortir le nez des pesticides et fongicides, il m'a suffi de lui proposer une tournée des caves du Médoc, qui me semblait constituer un apport intéressant à sa formation (un héros incapable d'apprécier le bon vin, et surtout de tenir l'alcool, courrait de gros risques dans certaines situations). C'est donc du côté de Saint-Estèphe que j'ai pu voir mon fils bourré pour la première fois, clopinant au soleil couchant le long de la Gironde sur un soulier unique, l'autre ayant fini embourbé, et prenant à témoin tous les oiseaux de l'estuaire que l'avenir serait bio, équitable, et revêtu d'une robe rubis teintée de nuances ambrées.

Bref, je retarde le moment de l'écrire à coups d'anecdotes rigolotes, mais je n'ai pas que cela à faire, ni toi à lire : en un mot, ce fut un désastre.

C'est en partie de ma faute. J'ai foiré la mission de repérage qu'il m'avait confiée, parce que je cherchais à surveiller ses arrières en même temps. J'ai réussi à débrancher le système d'alarme placé à l'entrée du hangar, mais je n'ai pas fait attention à un bête éclairage par détection de mouvement, apparemment visible depuis la ferme située de l'autre côté de la route. Si je m'en étais tenue strictement au plan de Clark, je serais restée dehors, et j'aurais certainement aperçu la silhouette du type qui nous a repérés et a appelé les flics. Mais à l'intérieur, j'entendais mon fils batailler avec son acide, et je n'étais pas tranquille en l'imaginant escalader les caillebotis avec une telle saloperie à la main, dont je n'avais même pas supervisé le conditionnement ! Je me tenais bien à l'entrée, comme prévu ; mais c'est vers lui que je regardais, et non vers l'extérieur.

Quand j'ai entendu du bruit et que je me suis retournée, les gyrophares étaient déjà visibles au loin. Je n'ai eu que le temps de crier : « Sors de là, vite ! »

Clark était dépité et furieux, il m'en voulait et s'en voulait. Il n'avait eu le temps de traiter qu'une poignée de fûts, qui, si nous laissions le local en l'état, ne seraient pas difficiles à isoler. J'ai bien vu qu'il ne supportait pas cette idée, mais je n'ai pas imaginé que sa hargne le pousserait à un geste aussi impulsif : en quelques secondes, il a répandu sur le sol les produits qu'il s'apprêtait à traiter. Je pensais à un mouvement de mauvaise humeur, et j'ai cru qu'il s'arrêterait là, mais il a sorti un briquet et mis le feu à sa chemise polaire, qu'il a balancée dans la flaque, avant d'ajouter sur le foyer plusieurs palettes entreposées dans un coin.

Le hangar flambait déjà lorsque les deux voitures de la gendarmerie sont arrivées, et nous courions comme des dératés à travers un petit bois pour regagner « notre » scooter, emprunté en début de soirée près de la gare de Blaye. Manque de bol, si les flics ne nous ont pas repérés, trop occupés à s'inquiéter – à juste titre – de l'incendie, le voisin, lui, nous avait vus sortir, et nous avait suivis. C'était plus qu'un voisin, comme nous l'avons appris plus tard : il faisait partie des vignerons du consortium, donc se sentait directement visé. De ce qu'en ont dit les journaux entre les lignes, ce n'était pas un tendre – je ne dis pas cela pour nous justifier, j'énonce des faits. Le type était un jeune retraité de l'infanterie de marine, un colosse de près de deux mètres qui avait connu la Bosnie et le Kosovo, puis été blessé en Afghanistan dans l'embuscade de Surobi, avant de se reconvertir dans le pinard. En constatant l'intrusion dans sa réserve de potions magiques, il avait appelé les gendarmes, mais ne les avait pas attendus pour venir voir de plus près ce qui se passait. Il était armé, naturellement – d'un fusil de chasse superposé Browning flambant neuf, établirait l'enquête. Autant dire qu'en voyant une femme et un gosse sortir de l'entrepôt en trombe, il n'a pas dû être très impressionné. Pas étonnant qu'il ait choisi de régler le problème tout seul, plutôt que d'attendre la cavalerie. Nous avons même eu beaucoup de chance qu'il nous ait couru après, au lieu de nous tirer dessus ! Parce que nous n'étions pas armés, ou parce que nous n'avions pas des têtes d'ennemis crédibles ? Nous ne le saurons jamais. Il est sorti du coma au bout de trois semaines, mais ralenti, et la mémoire mitée.

Il nous a rattrapés au moment où Clark atteignait le scooter. Je ne l'ai pas entendu arriver. Je me suis sentie soulevée de terre, à demi étranglée par un énorme bras, la pommette écrasée contre le canon du fusil. Il a gueulé à Clark un ordre quelconque : « Stop ! Tu bouges plus ! » – quelque chose dans ce goût-là. Sa voix était rauque, et sa parka sentait le feu de bois. J'essayais de me débattre, mais j'aurais aussi bien pu tenter d'ouvrir un piège à loups avec mes ongles ! Clark s'est retourné, je l'ai vu évaluer la situation. Il m'a paru incroyablement calme. Je l'ai entendu dire au type d'y aller doucement, que nous n'étions pas armés, qu'il se rendait. Il lui a demandé de ne pas me faire de mal. Il a prétendu que j'étais asthmatique, et lui a suggéré de me lâcher, en proposant de m'attacher lui-même les poignets avec sa ceinture. Il avait une petite voix douce, qu'il rendait enfantine, comme elle ne l'était plus depuis des années – comme elle ne l'avait peut-être jamais été à ce point. Douce, détachée, presque hypnotique. Il avançait d'un pas délié, sans cesser de parler, les épaules à demi voûtées, les yeux immenses dans la pénombre, dégrafant sa ceinture comme s'il était prêt à s'offrir lui-même en pâture – un serpent magnifique déguisé en agneau, venimeux, imparable. Malgré l'angoisse et la pression sur ma carotide, je te prie de croire que j'étais terriblement fière. J'avais confiance en lui, tu te rends compte ?! Je n'avais pas vu l'ogre qui me broyait, mais j'avais une idée assez précise de son gabarit. Je ne suis pas grosse, mais tout le monde ne peut pas me maintenir en l'air d'une seule main. Pourtant, j'avais la conviction que mon fils de dix-sept ans allait me sortir de là ! Et j'avais bien raison.

Au moment où il a quitté mon champ de vision, il tendait sa ceinture à l'autre, qui n'a pas dû noter, comme moi, que l'avant-bras restait fléchi, le poing serré, la grosse boucle en cuivre devant les phalanges. Une fraction de seconde plus tard, il se la mangeait en pleine bouche. Ton frère s'est abattu sur lui comme une plaie d'Égypte, enchaînant les coups travaillés à l'entraînement, sans rien retenir ni doser. Quand le crâne du gars a heurté une souche de chêne, au bruit, je n'aurais pas cru qu'il pourrait s'en tirer. Nous avons bondi sur le scooter et filé par les champs, en roulant lentement pour ne pas faire trop de bruit. Précaution assez inutile, car l'incendie du hangar avait pris des proportions affolantes ! Il y avait des pompiers partout, et les gendarmes ne s'inquiétaient que de faire évacuer la zone, devenue irrespirable.

Quand j'ai employé le mot désastre tout à l'heure, ce n'était pas une figure de style. Nos conneries ont eu un impact assourdissant. Il soufflait une petite brise, cette nuit-là, qui s'est chargée de diffuser les émanations toxiques à des kilomètres à la ronde. Les récoltes de toutes les exploitations situées à proximité du sinistre, mais aussi nettement plus au sud et à l'est, ont été déclarées impropres à la consommation – y compris nombre de parcelles de vignerons bio. Trois villages ont dû être évacués ; une école est restée fermée durant plusieurs semaines. La rivière voisine et la nappe souterraine ont également morflé.

Tout cela était consternant, et je m'attendais à ce que Clark le vive mal, mais, à ma grande surprise, il s'en foutait. Sa seule obsession était la dérouillée qu'il avait mise au type dans le sous-bois. Et encore, heureusement qu'il l'avait cru mort ! En apprenant qu'il avait survécu, et n'était *que* plongé dans un coma profond, ton frère s'est senti soulagé (moi pas : il nous avait vus de très près. Je ne serais pas aussi sincère que j'ai promis de l'être, si je prétendais que j'avais hâte qu'il se réveille en pleine forme).

Nous avons passé la fin du mois d'août enfermés tous les deux à la maison. Pourtant, nous n'avions jamais été à ce point éloignés l'un de l'autre. Clark ne desserrait pas les dents. Il passait ses journées sur son ordinateur, et je n'ai su ce qu'il y faisait les premiers temps que parce que je surveillais son historique. Il traînait sur des sites assez hétéroclites. De l'information médicale, de l'actualité, mais aussi du black metal et de la poésie contemporaine… Je ne reconnaissais pas sa manière d'agir ; la détermination rigoureuse, pour ne pas dire compulsive, avec laquelle il abordait d'habitude ses recherches documentaires. Puis, un beau jour, il a changé tous ses mots de passe.

Il ne m'a pas exclue que de son PC : il a aussi tenté de me fermer l'accès à sa jolie tête, avec un peu moins de succès. Je comprenais ce qu'il ressentait, bien que j'aie eu du mal à évaluer l'intensité de la blessure. J'avais douté de sa capacité à devenir violent lorsqu'il le faudrait, et à apprivoiser cette dimension indispensable de la carrière de tout super-héros. L'immédiateté avec laquelle il avait contre-attaqué ce fameux soir, mobilisant sans la moindre hésitation ses impressionnantes ressources, m'avait rassurée sur celui qu'il était ; mais il lui fallait à présent accepter de se supporter.

Pour ce qui était de justifier l'acte à ses propres yeux, les conditions me semblaient favorables : l'adversaire n'était pas un enfant de chœur et faisait même (coup de chance) partie des cibles de la mission. De surcroît, il pesait le double du gamin, et étranglait sa mère au moment de l'attaque. Si l'on mettait de côté le fiasco de l'entreprise, lequel ne semblait pas le préoccuper autant que moi, il y avait de quoi se regarder dans la glace. Mais cela ne lui suffisait pas ! Je le sentais douter de tout : de lui, de moi, de nos valeurs. De la possibilité même de situer sans erreur, en ce monde opaque et terne comme une tranchée de la Marne, le Côté Obscur de la Force…

Je lui ai laissé le temps de cicatriser. J'ai même accepté qu'il lâche l'entraînement durant près d'un mois, sous le fallacieux prétexte d'une douleur à la cheville. Avec la rentrée en terminale, et l'annonce que le vigneron était hors de danger *et* amnésique (de quoi nous réjouir l'un et l'autre), j'ai cru que l'affaire était pliée, et nous n'en avons plus parlé. À tort.

Orientation

C'est en janvier qu'il nous fallait saisir, en ligne, les vœux de Clark en matière de poursuite d'études. Nous en avons donc fait, jusqu'à cette date, notre principale préoccupation. Tu t'étonneras peut-être que je ne m'en sois pas souciée plus tôt… Cette indécision faisait elle-même partie du plan. Je m'explique : ton frère était un passionné, un jusqu'au-boutiste. Lorsque nous avions défini ensemble à quels *méchants* nous allions nous en prendre, il ne s'agissait dans mon esprit que d'une étape, et j'aurais très bien pu lui suggérer, plus tard, une mission visant des salopards d'une autre espèce : des escrocs, des brutes, ou des extrémistes quelconques – les candidats se bousculaient au portillon. Mais Clark n'avait pas cette plasticité. Il semblait avoir fait de la défense de l'environnement le combat de sa vie, et ignorait superbement toute autre perche que je pouvais lui tendre.

Forte de cette première expérience, j'avais supposé que, si je l'invitais trop tôt à se projeter dans un avenir professionnel, il le ferait avec la même intégrité, négligeant dès cet instant tout ce qui ne s'y rapportait pas. Or, s'il était souhaitable que son job officiel lui ouvre des portes et lui donne des moyens d'agir, il ne devait en aucun cas éclipser sa véritable vocation ! Je rêvais pour lui d'une carrière utile, que ce soit directement, comme le sont les talents d'inventeur de Tony Stark, qui lui tiennent lieu de super-pouvoirs, ou parce qu'elle lui permettrait d'occuper une place plus ou moins stratégique, comme l'est celle de Clark Kent en salle de rédaction.

Mais, encore une fois, le métier choisi devait avant tout lui laisser la disponibilité nécessaire pour accomplir sa véritable destinée !

Dans un monde comme le nôtre, il me semblait que deux voies s'y prêtaient : la recherche scientifique (en choisissant une filière qui offre des applications intéressantes en termes, par exemple, de sabotage) et les médias. Je m'étais aussi intéressée, un temps, à la piste informatique : pour quelqu'un de doué et d'entreprenant, la carrière de hacker offrait une remarquable capacité de nuire à peu de frais. Mais il me semblait qu'atteindre le niveau de maîtrise nécessaire de l'outil supposait un trop grand nombre d'heures passées devant un ordinateur, en sus de la formation proprement dite. Je ne voulais pas d'un héros virtuel, qui ne soit un combattant que par écran interposé. J'imaginais plus volontiers mon fils en lanceur d'alerte, maîtrisant les technologies de l'information juste ce qu'il faut pour diffuser au grand public, en temps voulu, les terribles secrets qu'il aurait su percer à jour.

J'étais parvenue à ces conclusions assez rapidement ; il me semblait donc que mon fils suivrait le même raisonnement, et choisirait le parcours d'études qui lui offrirait les meilleures armes. Je ne me trompais pas, d'ailleurs. C'est bien ce qu'il a voulu faire. Mais je n'avais pas imaginé qu'à ce stade la Loi et l'Ordre le feraient rêver !

Lorsque j'ai abordé le sujet, au détour d'un pique-nique sur les pelouses de la Cité des sciences, dont l'expo sur la robotique m'avait semblé un bon point de départ pour causer, tout était déjà joué. Sa conviction était faite. J'avais conçu mon argumentaire pour un jeune padawan avide que je lui montre la voie, et je faisais face à un homme posé, ayant conçu seul son projet, et apte à le présenter de manière concise et claire un bagel à la main, sans même tacher ses fringues. Un projet pertinent et ambitieux, selon tous les standards en vigueur. Quelle mère aurait eu le droit de s'en plaindre ?! Tu en connais déjà les grandes lignes, puisque je n'ai pas su l'en dissuader : un master en droit international de l'environnement obtenu à Aix, dont une année à Shenzhen et un stage à Stockholm, suivi d'un *Master of Laws in Energy and Natural Resources* à l'université de l'Oklahoma. Avec à l'arrivée – c'est-à-dire d'ici quelques mois, si je n'interviens pas – un statut d'avocat spécialisé, apte à intégrer un cabinet sérieux, ou un organisme d'État.

J'ai eu beaucoup de mal à me faire à cette idée. J'y voyais une tentative non déguisée de mettre fin à nos activités secrètes : hors de question d'atteindre un tel objectif avec un casier judiciaire ! Et j'avoue que l'idée d'un super-héros juriste me semblait une aberration. Mais j'ai repensé ensuite à Frank J. Wilson, tu sais ? Le petit comptable obsessionnel, devenu agent secret du fisc ; le vrai tombeur de Capone, même si l'histoire ne retient que le bel Eliot Ness ! Et, surtout, je me suis souvenue de Daredevil. Il est avocat, Daredevil. Pendant la journée. Donc, après tout, pourquoi pas Clark ? Plutôt que de tenter de contrecarrer ce projet, ce que je n'aurais pas su justifier à ses yeux, surtout dans le contexte, il valait mieux entrer dans le jeu, témoigner mon respect (sincère) pour sa maturité, et mon admiration (forcée) pour sa clairvoyance. Il resterait à m'assurer ensuite que ses choix de vie ménageraient, au brillant avocat du jour, la possibilité de se muer en justicier nocturne. Je ne doutais pas qu'il en ressentirait le besoin, lorsque les limites des procédures officielles lui deviendraient insupportables.

Sans compter que ce qui nous tient lieu de civilisation sera bientôt plongé dans le chaos, il y a des signes qui ne trompent pas. Le flot de la misère monte, l'air s'épaissit, nos dernières digues sont sur le point de rompre… Pas besoin d'être apôtre pour déchiffrer le message !

Donc quand bien même, en mettant les choses au pire, Clark s'avérerait capable de défendre ce foutu système jusqu'à son dernier souffle, il me suffirait d'attendre celui-ci. Ma détermination était intacte, et je me sentais de taille à survivre au capitalisme occidental.

Je lui ai donc donné ma bénédiction, à la condition *sine qua non* qu'il demeure athlétique (Flash Gordon était bien champion de polo, pilote ET diplômé de Yale) et qu'il poursuive son entraînement aux sports de combat. J'ai aussi exigé qu'il s'inscrive à un club de tir dès sa majorité, parce qu'on ne sait jamais : tous les types armés de fusils de chasse ne sont peut-être pas fair-play.

Il ne s'attendait pas du tout à ce que je cède. J'ai bien cru qu'il allait pleurer. C'est en voyant son soulagement de môme fissurer ses grands airs d'adulte que j'ai mesuré l'ascendant qu'il me restait : largement de quoi planquer une cape sous son futur costard.

Chagrin d'amour

Nous approchons de la date où vous avez repris contact, aussi n'ai-je rien à t'apprendre sur les brillants résultats de ton frère. Tu as maintenant compris *à quoi j'avais joué avec* Clark, et tu peux évaluer la sinistre demi-mesure dans laquelle il s'est enkysté. Tu en jugeras selon tes critères, pas les miens, mais seront-ils si différents ? De ce que je sais de ta vie, tu as – ou tu as eu – le goût du risque, et bien que tes choix manquent d'ambition, je reconnais que tu n'as rien fait pour t'embourgeoiser.

Tandis que ton frère… Oh, rien de scandaleux, me diras-tu : sa détermination à faire tomber les salauds de ce monde est intacte. Pas de quoi déprimer tout à fait – c'est ce que j'ai pensé, au départ. Que je pourrais m'y résigner, tout en travaillant en douce à le décoincer du Code civil, quand l'occasion se présenterait. Alors, dois-tu te demander, pourquoi l'histoire a-t-elle depuis si mal tourné ? C'est qu'il te manque un épisode, ma belle. Celui qui me coûte le plus à raconter.

Je regrette que tu n'aies pas connu Niamh. Une Irlandaise jolie comme tout – trop jolie pour être belle, à mon avis, mais Clark semblait avoir acquis en toute chose le goût de la modération. Elle avait des cheveux clairs, très courts, qui rebiquaient dans tous les sens, comme pour laisser deviner les boucles dont ils auraient été capables, et une nuque parfaite. Je ne peux pas dire qu'elle m'ait fascinée, mais elle ne m'a pas déplu : j'aimais son prénom gaélique à coucher dans la lande (ça se prononce « Niiive », *by the way*), ses grands yeux qui me rappelaient les tiens, et la voir jouer du banjo dans les bars, en retroussant ses grandes jupes avec une fausse désinvolture. Elle avait le sens du cliché, si tu veux ; elle en jouait avec subtilité, comme on se maquille bien. Sous une certaine lumière, il y avait chez elle comme un faux air troublant des femmes de Manara... Cela dit, au grand jour, elle demeurait assez quelconque. C'était une étudiante sérieuse, sage et de famille méritante, cherchant à se dépêtrer du religieux, sans avoir de grandes convictions à fournir en échange.

Ton frère aurait pu trouver pire, et sans doute aussi trouver mieux, mais qu'importe : il semblait amoureux. Il prétend, aujourd'hui encore, qu'il l'était. J'étais soulagée de le sentir s'exalter un peu, s'enflammer pour la première fois depuis la fille aux pigeons. Pour moi qui m'inquiétais de le voir se figer, puis s'empâter, dans la vie de bourgeois qu'il s'était programmée, toute passion était bonne à prendre ; et le temps passé à jouer du *tin whistle* ou du *bodhrán* au fond des pubs était un bon dérivatif à l'étude des institutions européennes.

Et puis, j'avoue, Niamh avait un atout majeur : elle m'admirait beaucoup, pour l'ensemble de mon œuvre. Elle me trouvait sensuelle et élégante, bonne actrice, et même bonne chanteuse (elle l'était pourtant plus que moi). Elle admirait mes engagements officiels dans diverses campagnes, mes prises de position quand, d'aventure, les médias me laissaient parler – ce qui devenait un peu moins rare, à mesure que je vieillissais ; j'imagine qu'il en est ainsi pour beaucoup de femmes. En bref, elle ne manquait pas de dire et de répéter à mon fils à quel point je l'impressionnais, à quel point elle avait de la chance de me côtoyer ! Et lorsque Clark eut assez confiance en elle pour lui laisser entendre (sans trop de précisions) que je n'avais de cesse, depuis son enfance, de l'inciter à lutter pour sauver le monde, son admiration ne connut plus de borne. C'était bien agréable : Clark me redécouvrait à travers elle. En plus de l'amour inconditionnel que j'y avais toujours senti, je pouvais lire dans son sourire, en dépit de ses bouderies, une fierté supplémentaire.

La petite avait donc l'étoffe d'une alliée potentielle, sur le long terme. Bien que très à cheval sur beaucoup de principes, elle avait au fond d'elle une sorte de feu, une capacité d'indignation riche de promesses. Je la pensais capable, si un tableau ignoble, haut en couleur, lui était brossé avec goût, d'expédier son homme au front.

Leur amour ronronnait depuis un an et demi, sans nuage digne de ce nom, lorsque Clark et Niamh sont allés fêter leur diplôme tout neuf dans un mas provençal somptueux, loué par un banquier à son fils, au nombre de leurs pires copains de fac. Un Maximilien, autopromu « Grand Max », une vraie caricature ! Un pitre imbu de lui-même, c'est-à-dire de bien peu de chose, citant à tout bout de champ des répliques de Jean-Pierre Léaud, en balayant sa mèche absurde d'un ample revers de poignet. J'avais ironisé sur le sujet à plusieurs reprises, consternée de voir mon fils fréquenter une telle nullité en cachemire, mais les réponses étaient embarrassées : si Clark et Niamh reconnaissaient que l'individu n'était pas une flèche, ils n'avaient pas envie de se brouiller avec celui qui organisait les fiestas les plus exubérantes de la promo. Déjà de petites compromissions, comme tu le vois ! Et ces gens n'étaient qu'en licence…

Cette fameuse fête de fin d'année chez leurs amis de la haute a viré au cauchemar. Clark estime qu'ils ont tous trop bu – ce qui semble aller de soi – dès leur arrivée sur place, c'est-à-dire tôt, et que ceux qui ne prenaient pas de coke sont tombés comme des mouches avant l'aube. J'aurais tendance à le croire, sachant que ses souvenirs de la soirée sont flous. Il m'a parlé d'un son et lumière à minuit, de *go-go dancers* des deux sexes chauffant une ambiance déjà largement décadente, de canons à mousse, d'un DJ à la mode et d'un écran géant… Mais la version de Niamh est plus troublante. Elle m'a dit avoir eu, très tôt, la sensation que Grand Max et ses deux sous-fifres de prédilection leur cachaient une partie du plan. Elle est convaincue d'avoir été l'objet, avec deux autres étudiantes au physique avantageux, d'une attention toute particulière. Leurs verres semblaient ne jamais désemplir, pas plus que ceux de leurs chéris respectifs. Max et ses acolytes ne cessaient de les pousser à boire, délaissant, à partir d'une certaine heure, des invités dont ils étaient pourtant plus proches. Elle me jure sa foi d'Irlandaise que cette insistance l'a incitée à se méfier assez vite, qu'elle a vidé certains des verres de trop dans les buissons, et que l'alcool ne suffit pas à expliquer ce qui lui est arrivé.

Peu après le show de minuit, pour l'un comme pour l'autre, c'est le trou noir. Clark se réveille vers six heures, en boule sur un transat au bord de la piscine, muée en potage infect. Il est malade, bien sûr, mais pas plus qu'il ne s'attendait à l'être. Il est surtout vexé de n'avoir pas tenu plus longtemps, et part à la recherche de Niamh, soupçonnant sa belle, qui encaisse bien mieux l'alcool que lui, de siroter un bon café dans la cuisine pour s'extraire du brouillard – voire un verre de vin blanc sec. Il note au passage que deux de ses camarades, précisément les compagnons des autres beautés que Niamh sentait ciblées par Max & Cie, sont affalés dans des transats voisins, recouverts d'un plaid. Il se demande laquelle des filles a eu cette tendre initiative.

Mais tu auras compris que Niamh n'était pas à la table du petit-déjeuner, pas plus que ses deux copines. Vers la même heure, deux des trois filles se réveillent tout au fond du parc, dans la grange attenante aux écuries. Leurs yeux gluants de mascara envoient à leurs pauvres neurones des messages qui ne font pas sens : elles sont toutes trois étalées dans le foin, l'une sur le dos et l'autre sur le ventre, fesses et seins débordant de leurs robes déchirées ; la troisième, une Libanaise sculpturale, est entièrement nue et sanglée de brides en cuir empruntées à la sellerie. Elle dort encore, et le premier réflexe des deux gamines est de lui ôter son harnachement – Niamh pense que la fille se serait tuée, si elle avait su. Qu'elle n'aurait jamais pu digérer une telle image. C'est sans doute vrai, et impossible à dire. Ce qui est impossible aussi, c'est de savoir ce qui s'est exactement passé. À jamais impossible, par la faute de ton frère.

Niamh était la seule des trois qui aurait pu parler. La deuxième fille, une jolie brune dont j'ai oublié le nom, ne pensait qu'à tout oublier : elle s'accrochait de tous ses ongles roses à l'idée que son fiancé, qu'elle devait épouser en juin, la quitterait *s'il savait*. Pas un instant elle n'a douté de sa responsabilité dans ce qui lui était arrivé ! Tout était de sa faute, elle avait trop bu – une honnête fille ne doit pas boire ; elle avait ri trop fort entourée d'hommes ; sa robe était trop courte, son attitude trop désinvolte ; elle avait joué les allumeuses, et surtout, honte suprême ! n'avait pas foncé s'enfermer dans sa chambre, lorsque son amoureux s'était avachi dans un coin. Elle a supplié Niamh de ne rien dire, de lui permettre de *sauver son mariage*. Elle a fait valoir qu'elle était, comme la Libanaise et son homme, d'une famille qui *ne pardonnerait jamais un tel scandale*. Tu sais, comme tant de femmes savent endosser les maux du monde, comme elles excellent à se battre la coulpe ! Par pure lâcheté, je pense. Si tu admets que tout est de ta faute, tu n'as plus de raison de lutter.

Niamh en a été ébranlée, mais elle n'a rien voulu promettre. Elle s'accrochait, au contraire, à l'idée de retrouver Clark et de tout lui dire, immédiatement. Pour qu'il l'aide à comprendre, et à survivre. À mesure qu'elle recouvrait ses forces (je ne m'étais pas trompée, la petite avait de la réserve), elle assemblait les pièces du puzzle. Elle avait été pénétrée, sans surprise ; ses muqueuses étaient enflammées, douloureuses, mais elle n'avait aucune blessure à proprement parler. D'après l'odeur, celui ou ceux qui avaient abusé d'elle portaient des préservatifs lubrifiés, et rien ne semblait indiquer qu'elle leur ait opposé une résistance. Après avoir aidé la brune à rhabiller leur camarade toujours inconsciente, et transformé le chiffon qui restait de sa propre tenue en un paréo presque crédible, elle est partie en direction du mas y chercher pour les deux autres des lingettes et des vêtements de rechange, en promettant de ne rien dire pour le moment – sous réserve que la Libanaise soit réveillée à son retour. Sur son chemin, elle n'a croisé que des épaves, vautrées seules ou par deux sur les pelouses et sous les pins. Elle appréhendait les rencontres qu'elle ferait à l'intérieur, mais elle n'a reçu qu'une poignée de regards amusés et de saluts complices. Elle esquivait d'un geste flou, tentant, dans le cas des hommes, de ne pas se demander s'ils savaient – s'ils y étaient. À mesure qu'elle approchait, elle imaginait Clark anxieux de sa disparition. Anxieux, ou peut-être furieux ? L'avait-il vue partir ? Et avec qui ? Aucune image de la veille ne lui revenait, et elle n'était pas sûre de le regretter.

Il avait regagné la chambre, café bu, lorsqu'elle y est entrée ; c'est en souriant qu'il l'a accueillie. Les cheveux en pagaille de sa chérie et sa pseudo-tenue de plage ont dû lui paraître adorables. Elle attendait une scène quelconque, peut-être un drame, et voilà que son homme lui faisait les yeux doux entre ses cernes (*« Ah, tu étais allée te baigner ? »*) et s'approchait pour l'enlacer ! Elle l'a repoussé brusquement. L'idée l'a effleurée qu'il ait pu être là, lui faire – *leur* faire – ce qu'on leur avait fait… Elle a repoussé l'image à son tour, avant de s'effondrer. Elle a pleuré quelques minutes sans un mot, puis elle est ressortie avec des vêtements, comme elle l'avait promis. Elle a retraversé le parc, jeté les vêtements à la brune, demandé à la Libanaise qui vomissait ses tripes comment elle se sentait, et ce qu'elle voulait faire. La brune avait préparé le terrain, convaincu l'autre de ne rien dire, qu'en étant solidaires elles sauraient rendre au néant ce qui s'était passé. Non, elles n'en savaient rien, de *ce qui s'était passé* ! Ni qui, ni quand, ni quoi. Et ne voulaient pas savoir. Il(s) avai(en)t des capotes, c'était tout ce qui comptait. En fermant leur gueule et en serrant les dents, elles pouvaient sauver leurs amours et leur honneur. La Libanaise, de fait, serrait les dents.

Niamh n'a pas tenté de discuter. Elle ne s'écartait pas de sa résolution : tout dire à Clark, lui demander de la croire, et de la soutenir. Il l'emmènerait à la police ; ou plutôt, d'abord, à l'hôpital. Malgré la nausée qui lui retournait le ventre, elle était prête à retarder le moment de se laver, pour permettre un éventuel relevé d'elle ne savait trop quoi. La colère refroidissait son ventre brûlant, ventilait sa cervelle brumeuse. C'était Grand Max, bien sûr, lui et ses connards de potes ! Il l'avait draguée, en première année. Ils avaient même vaguement flirté durant quelques semaines, avant qu'elle ne rencontre Clark. Ce milieu-là était tout neuf, pour elle, et Niamh s'était sentie grisée en constatant les airs d'envie qu'elle s'attirait, courtisée par un type si populaire ! Et puis, elle aimait bien Jean-Pierre Léaud. Mais elle s'était vite reprise, en évaluant les limites de sa conversation, et avait éconduit aussi poliment que possible le blaireau à mèche. Elle avait cru qu'il s'était fait à l'idée, mais c'était naïf de sa part. Ces types ne peuvent que tout vouloir, ayant toujours tout eu. Celui-là allait le payer.

Et c'est ainsi que Clark qui, déboussolé et cette fois bel et bien inquiet, l'avait attendue dans la chambre comme elle le lui avait demandé, l'a vue rentrer, s'asseoir, et dire ce qu'elle avait à dire.

Tous les deux, tu l'auras compris, m'ont raconté la scène. Les deux versions concordent parfaitement, et je n'ai aucune raison de penser que l'un ou l'autre m'ait menti, hélas ! Ce qui veut dire que je n'ai aucune échappatoire, et qu'il me faut bien croire à ce qu'il a répondu. Il s'est inquiété, tout d'abord, de sa santé. Il lui a demandé si elle souffrait – ce n'est pas non plus une ordure. De pâlichon à son réveil, il était devenu blafard, et il lui a fait répéter, en insistant sur chaque mot, ce dont elle se souvenait, et ce qu'elle ignorait. Elle savait qu'un homme avait abusé d'elle, ou plusieurs. Elle ne se souvenait de rien. Elle pensait avoir été droguée. Elle était sûre que Max, et sans doute ses deux comparses, étaient dans le coup, et qu'ils l'avaient prémédité. Elle lui a expliqué pourquoi.

Et là, c'est le moment de l'histoire où le héros, brutalement dessaoulé, se lève d'un bond, jure à celle qu'il aime que *ces fumiers vont le payer cher*, et sort en claquant la porte ! Moins de cinq minutes plus tard, les dents des méchants jonchent le sol, et leurs membres dessinent des angles inédits cependant qu'ils supplient, en dépit de toute logique, le héros de les laisser vivre. Dans un film, je veux dire. Dans le cas présent, il aurait fallu un peu plus de cinq minutes, car les trois salopards étaient partis se faire un alibi à peu de frais dans une boîte de nuit de la côte.

Je pense – je veux croire – qu'il allait le faire. Il s'est levé brusquement, avec des yeux de tueur – ce sont les mots de Niamh, *des yeux de tueur*. Ensuite, il est retombé, comme pris par le vertige, et sans doute était-ce le cas. Il est resté prostré une bonne minute, hagard, poings et mâchoires serrés comme des serres de rapace, jusqu'à ce qu'un frisson lui parcoure tout le corps et qu'il parvienne à se reprendre, à se contrôler. Se contrôler… Quelle ironie !

Niamh, la pauvrette, avait eu le temps de s'inquiéter pour lui. Elle croyait déjà voir du sang de salaud couler sur ses jointures livides et, malgré sa propre souffrance, elle s'alarmait des conséquences inévitables, du danger qu'il allait courir en se ruant à leurs trousses… Mais ce n'est pas ce qui s'est passé. Il (mon fils !) a fini par lâcher qu'il était difficile de parler de viol.

Tu te rends compte ? *Difficile de parler de viol* – je cite, la mort dans l'âme. Pourquoi ? Parce qu'elle avait bu, parce qu'elle ne se souvenait de rien. Parce qu'elle était l'amie de ce type – et même presque son ex. Parce que c'était *ce genre de fête*, que *tout le monde baisait dans les coins*, et qu'elle disait elle-même qu'elle ne portait aucune trace de violence. Parce que *quand bien même elle aurait raison* (note le « quand bien même »), *personne ne la croirait* (note le « personne »). Parce que les autres filles témoigneraient contre elle, et l'enfonceraient d'autant plus sûrement qu'elles se sentiraient *trahies*, puisqu'elle avait promis de ne pas les impliquer. Ce qui était impossible, à moins de mentir en déposant sa plainte. Quant à l'examen, il ne donnerait rien, puisqu'elle disait elle-même qu'il n'y avait pas de sperme : que voulait-elle donc qu'ils découvrent ? Une mystérieuse substance qu'elle *aurait* absorbée douze heures plus tôt ? On n'était pas dans une série américaine. Or, si l'on ne trouvait rien, comment prouverait-elle qu'elle n'était pas consentante ? Que cette accusation de viol, portée contre trois licenciés en droit, vierges de tout casier, n'était pas une tentative désespérée pour sauver son couple après une nuit d'*égarement* ?

Il a employé, je te le jure, le terme « égarement ». Pour qualifier le viol de la femme qu'il aimait. Est-ce que tu peux le croire ? J'ai eu du mal. Le pire, dans cette histoire, c'est qu'en ce qui concernait les chances de Niamh d'être crédible devant les flics, ou devant un tribunal, il n'avait pas tort. Mais au lieu d'en tirer la seule conclusion qui s'imposait, à savoir qu'il lui faudrait régler le problème lui-même, il est resté là, comme un con, à faire la gueule au bord du lit. Au temps pour le prétendu justicier ! Et au temps pour le futur avocat : quand elle lui a demandé ce qu'elle devait, ce qu'elle *pouvait* faire, par son silence il a suggéré qu'elle la ferme.

Ce qu'elle a fait, bien sûr. Cette absence du seul soutien qu'elle pensait acquis a coupé son élan. Elle a donc pris une douche, en fin de compte. Elle a enfilé un jogging, et ils sont rentrés à Paris, sans plus dire un mot à personne. Il a cherché alors à *lui changer les idées*, mais elle ne voulait pas *en* parler, ni parler d'*autre chose*, figure-toi ! Elle l'a très vite quitté, bien sûr. Et je peux te jurer qu'il ne s'y attendait pas, puisqu'il a couru me le dire. Je suppose qu'il escomptait que je le réconforte. Là encore, il aura manqué de jugement.

Les Amazones

Il n'y a pas de mots pour dire comme on douille, déçu par ceux qu'on aime le plus. Tu sais de quoi je parle, toi que ta mère a déçue si jeune ! J'ai foutu Clark dehors en pleine nuit, en larmes. Je l'ai traité de tout, agoni de vacheries. Il s'en était déjà pris dans la tronche à l'occasion – je n'ai pas inventé la patience – mais rien de comparable : je n'étais plus sur le ton du sarcasme. Je le pourrissais. Je voulais qu'il ait mal. Je l'ai même plus ou moins renié, à l'ancienne ! Pour un peu, je l'aurais maudit.

Après l'avoir chassé, j'ai tenté de m'effondrer comme j'avais su le faire dans ma jeunesse, de me purger la tête pour que les images sales en sortent. Je me suis mise minable, mais rien n'y a fait : ce n'était pas un incident, c'étaient vingt ans de ma vie qui ne voulaient plus rien dire. J'avais beau fouiller ma mémoire, rembobiner, hors de Clark il n'y avait rien – rien que ta rage, et des cadavres. Mon corps était usé, mon cerveau confit, et le sens de ma vie sentait la mort.

J'ai voulu rebondir, et j'ai rebondi, mais pas comme une gymnaste sur un trampoline ; plutôt comme un criquet sous un jet de Baygon. Je me suis pointée chez Niamh sans savoir à quelle heure, fagotée comme une bûche, les yeux brûlants et l'haleine courte. Elle avait le visage bouffi, et une dégaine assez voisine de la mienne, que sa jeunesse rendait à peine moins déprimante. Elle puait l'alcool et les larmes. Je l'ai sentie prête à me claquer la porte au nez, alors je me suis jetée à ses pieds, en suppliant qu'elle me pardonne. Elle m'a laissée entrer, sous le coup de la surprise, ou peut-être juste de la gêne.

Je n'avais rien prémédité, du moins pas consciemment – je n'avais pas été assez lucide pour ça ; pourtant, le discours est sorti tout seul. Je lui ai dit ma déception, et comme je me sentais coupable. Je lui ai dit que ma plus belle pièce était en toc, que mon chef-d'œuvre n'était qu'une croûte ! Que je sentais se dissoudre l'alliage qui me tenait debout, et que mon seul espoir était de pouvoir corriger le tir, compenser de toutes mes forces le mal qu'il lui avait fait. Elle ne voyait pas trop où je voulais en venir, et je pense qu'elle m'a soupçonnée de vouloir coucher avec elle – j'aurais tout à fait pu le faire, d'ailleurs, si elle en avait émis l'idée, mais l'ambiance ne s'y prêtait pas. Elle m'a demandé de quoi je parlais, ce que je voulais faire pour elle. J'ai répondu que je voulais *la venger*, et cela m'a fait un bien fou. Ce sont des mots qui méritent d'être prononcés, tu sais ! Beaux à dire, et beaux à entendre.

Elle a fumé un moment en silence puis a passé une sorte de gros chandail, et nous sommes descendues au pub. J'ai mis un bon moment à lui faire dire qu'elle acceptait, mais je n'ai pas douté que j'y parviendrais. Elle ruminait chaque jour le silence de Clark, le fait qu'il n'ait pas prononcé cette même phrase, ni sous forme de question, ni même comme un regret ou un vague horizon ! Elle l'entendait enfin. Pas de la bonne bouche, certes ; mais je t'ai dit qu'elle m'admirait, et je n'ai pas exagéré. Dès qu'elle m'a adoubée, je l'ai laissée dormir et je suis rentrée me préparer. J'étais galvanisée, enfin moi-même ! J'avais une cible. Rien de comparable avec les missions précédentes, toutefois. Je me sentais fébrile, j'avais l'air d'un hibou, et tout en moi était fragile. Je ne tenais plus que par de la poudre aux yeux. Mais enfin, je tenais.

Nous nous sommes revues tous les soirs ; elle me recevait chez elle, ou au comptoir du pub lorsqu'elle y travaillait. Elle ne voulait pas venir chez moi. Elle m'a raconté l'histoire dans le plus grand détail, elle a cherché de toutes ses forces à faire remonter quelques bribes de l'épisode qui lui manquait – mais elle n'est pas parvenue à grand-chose. De mon côté, durant la journée je pistais Max et ses lieutenants. À la rentrée, tous trois ont repris leurs études, comme si de rien n'était. Clark devait les croiser régulièrement !

Nous avons délibéré longuement pour déterminer qui devait être châtié. Max était responsable, aucun doute là-dessus. Mais les deux autres ? Ils semblaient complices, au moins dans la mise en place du piège et la recherche de l'alibi, ce qui suffisait à souhaiter qu'ils aient mal, mais fallait-il qu'ils meurent ? Nous n'avions aucune preuve qu'ils aient participé au viol. J'aurais été assez tentée d'appliquer le principe de précaution en dézinguant les trois, mais c'était complexe à organiser. À moins de réussir à les tuer tous du premier coup ou dans un laps de temps minuscule, tout se serait su rapidement ! J'ai un peu gambergé sur l'idée de les réunir dans la même bagnole, ou sur le même voilier, par exemple, mais c'était un plan tordu et qui ne tenait pas la route : s'il y avait enquête, que diraient les deux filles ? Et que dirait *mon propre fils ?*... Sans compter qu'il pouvait y avoir eu d'autres témoins, dont nous ne savions rien. Ne serait-ce que des couples qui auraient cherché refuge dans l'écurie cette nuit-là.

Nous avons donc limité nos ambitions. Max mourrait dans un accident, et nous verrions ultérieurement, en fonction des risques, s'il nous était possible de faire vivre les deux autres dans la peur, en laissant quelques allusions tomber dans leurs oreilles.

J'ai un joli souvenir des semaines passées à monter la Vengeance de Niamh. Je n'avais jamais eu d'amie, tu sais ? Beaucoup de copains, surtout des hommes ; ainsi que d'estimables collègues et concurrentes, avec lesquelles j'avais plaisir à me mesurer en public... Mais il n'était pas question de confidences, de complicité ou de tendresse. Avec Niamh, j'ai parlé de Clark et de toi – je ne lui ai pas tout dit comme à toi aujourd'hui, loin de là ! Mais j'ai lâché des bribes, des anecdotes. J'ai dit devant elle que j'avais mal, que je m'étais trompée. Nous avons eu quelques fous rires, elle a pleuré sur mon épaule… J'ai même pris le risque de trop boire devant elle, de perdre le contrôle. Je ne sais pas si tu connais ces moments. As-tu ce genre d'amitiés ? C'est sans doute très banal pour beaucoup de femmes, mais je n'avais rien imaginé vivre de tel. Si j'ai baissé les armes, c'est qu'elle venait combler mon manque d'enfant, pendant que je jouais le rôle de l'homme qui lui avait filé entre les pattes. Nous étions Clark l'une pour l'autre, si tu veux.

Mais cela n'a pas duré. Je fantasmais souvent sur l'idée de continuer à travailler avec elle au-delà de l'affaire de Max, et j'avais tendu quelques perches dans ce sens (sans trop m'avancer, car je voulais d'abord évaluer son sang-froid en situation) ; mais quelques jours à peine après notre équipée, elle m'a gentiment dit qu'elle quittait le pays pour mieux tourner la page, qu'elle ne voulait garder aucune attache avec ce passé laid, dont je l'avais aidée à se défaire.

Avant que tu ne te méprennes : nous n'avons pas tué Max. Je t'ai déjà dit plusieurs fois que je n'avais tué personne jusqu'à aujourd'hui, et c'est la vérité. Mais nous avons essayé. Nous avons opté pour une embuscade très traditionnelle, après avoir agité mille idées loufoques. Une valeur sûre. À défaut d'originalité, j'avais tenu à apporter une touche d'esthétique vintage : perruques et foulards de soie, lunettes de soleil chic, Austin de location discrète mais élégante. J'ai foncé sur Max alors qu'il s'installait pour prendre, comme il le faisait chaque jour, son café du midi en terrasse. Le rituel était immuable. Il posait sur la table sa sacoche de cuir, adressait un bon mot inepte à la cantonade, claquait quelques bises, puis s'étirait complaisamment avant de s'asseoir.

Toujours à la même table, même si elle était occupée. C'était ce genre de type. Et l'on se poussait pour lui faire place. De là où je le guettais le jour de l'accident, je pouvais entendre les échos de son rire affecté, et le voir arranger le grotesque pull bordeaux noué sur ses épaules, comme un torero agiterait sa cape.

J'avais proposé à Niamh une place dans la voiture – à l'arrière, naturellement : il ne s'agissait pas qu'elle reçoive Max et mon pare-brise en pleine figure. Mais elle a préféré observer la scène de plus loin, à travers la vitrine d'un magasin de vêtements. Je pense qu'elle a bien fait, c'était impressionnant ! Rien que le bruit avait de quoi secouer. Lorsque tu entends ce genre de craquements, même si tu es protégée, tu te mets à tout confondre : ta carcasse, celle de l'autre, la carrosserie…

Max n'est pas mort, donc. Contrairement à ce qui s'était passé pour le vigneron militaire, je l'ai su tout de suite : il beuglait comme un âne, quand je suis partie. Mais ce qui était fait était fait. Je ne suis pas du genre à tirer sur une ambulance, ni à achever un paraplégique, fût-il très, très méchant. (Je prends tout de même de ses nouvelles régulièrement, car un salaud d'envergure peut être excessivement nocif depuis sa chaise roulante – tu te rappelles, quand James Bond balance le chef du SPECTRE par la porte d'un hélicoptère dans son fauteuil roulant ? – mais il semble que Max n'ait été qu'une engeance médiocre.)

Ce que je ne saurais pas dire, c'est si j'ai fait *exprès* de le rater. Je ne l'ai pas heurté de plein fouet. Enfin si, mais de travers. J'ai dévié au dernier moment, j'ai mis un coup de volant de côté, je m'en souviens. Mais ce coup de volant venait-il d'un repli de mon cortex, ou de mon cerveau reptilien ? Le produit de mon instinct de survie, qui m'a contrainte à me dérober face à l'imminence d'un choc frontal, ou je ne sais quel humanisme déplacé ? De fait, Max a été bien amoché, et Niamh s'est dite satisfaite, mais j'aurais pu ne lui rouler que sur un pied, ou même le manquer tout à fait !

Je me suis débarrassée de l'Austin sur le parking d'une galerie commerciale, de laquelle je suis ressortie méconnaissable, une heure plus tard. J'ai jeté un œil depuis l'arrêt de bus, la voiture était toujours là. Je l'avais louée en Belgique sous un faux nom, celui d'une stagiaire croisée à la photocopieuse dans une agence de pub l'année précédente. Elle faisait des copies de son permis de conduire et avait abandonné un premier essai, pas assez foncé à son goût. J'avais fourré la feuille dans mon sac, en supposant qu'elle me servirait bien un jour ; puis j'avais un peu trafiqué l'image, pour que la fille n'ait pas d'ennuis. La caisse a sans doute été déclarée volée, mais le temps qu'ils retrouvent sa trace, elle devait l'être réellement ! C'était une assez belle bagnole. Je ne crois pas qu'un lien ait été établi avec l'accident. Quoi qu'il en soit, l'enquête concernait bien un homicide involontaire, avec délit de fuite.

Il était logique que Niamh coupe les ponts ensuite. Une partie de moi s'y attendait, sans quoi j'aurais plus mal réagi. Ça m'a tout de même fait beaucoup de peine, et j'ai bien cru que j'allais replonger.

Faute de grives

C'est ce jour-là que je t'ai appelée. Tu comprends mieux ? Je savais que tu étais rentrée en France, que tu vivais à Rouen ; j'avais vu les photos de tes beaux enfants patinant sur la glace en plastique de la place du Vieux-Marché, et gambadant sur des falaises de craie. J'avais compris que tu travaillais avec des mômes, en tant que puéricultrice, ou éducatrice, ou quelque chose de ce genre. J'ai fait l'erreur de supposer que c'était un boulot alimentaire, choisi pour des raisons logistiques plutôt que par vocation, et je t'ai vexée en abordant le sujet : une faute stupide, quand j'y repense ! J'étais pourtant bien placée pour savoir qu'on peut prendre l'éducation au sérieux. Mais même sans cette bourde, j'imagine que tu m'aurais jetée dehors assez vite.

J'ai eu la sensation, en arrivant chez toi, que tu t'étais préparée à cette scène depuis des lustres. Tu me donnais l'impression de réciter ton texte – et tu jouais assez faux, sans vouloir t'offenser. Même ton mec se tenait à distance calculée, ligne de défense habilement disposée devant la chambre du bébé… Qu'est-ce que vous vous imaginiez, que j'allais chercher à passer en force, à l'épaule ?! J'avais envie de voir ce bébé, c'est vrai, et je n'aime pas trop qu'on me dise non ; mais tout de même, j'ai ma dignité.

J'ai réfléchi à la trame de cette scène de vaudeville, touchante et bête, si bien écrite et si mal jouée. Tu aurais pu ne pas me laisser entrer. Tu as prétendu vouloir des nouvelles de ton frère, mais il ne se cachait pas : tu aurais très bien pu le contacter directement.

D'autant que c'est le fait d'apprendre que je ne lui parlais plus qui t'a poussée à le revoir. D'où je déduis que tu ne m'as fait entrer que pour me balancer ta haine à la figure. J'imagine que tu en attendais un soulagement ; je ne sais pas si tu l'as ressenti. Tu ne m'as rien dit que je ne savais déjà. Tu n'avais rien compris à notre histoire, en dépit des années. Peu importe. Tu dois savoir ce qu'il en est, et ce n'est pas notre sujet. Je te prie juste de noter, en passant, que je me suis posé la question.

Je suis donc ressortie de chez toi sans le moindre espoir. Fallait-il que je sois au bout du rouleau, pour avoir imaginé que ma fille aînée, ma fierté d'hier, puisse éprouver mes regrets et tomber dans mes bras, rejoindre ma route, et devenir l'héroïne dont elle avait l'étoffe ! C'était inepte. J'étais seule. Si je voulais qu'une lueur d'héroïsme vienne dissiper les ombres de ma vie échouée, c'était à moi de trouver l'interrupteur et d'endosser le costume. Je l'ai tenté, en guise de baroud d'honneur. Je ne m'attendais pas à aller très loin, mais je me voyais bien aligner quelques petites victoires avant de tomber. Je vous imaginais tous deux, découvrant mon nom en bandeau sur les chaînes d'info… J'ai décidé de garder la ligne fixée avec Clark, pour qu'il la reconnaisse et s'en veuille d'avoir lâché prise. Je n'étais pas prête à le rappeler, mais je n'avais pas fait mon deuil non plus !

Il y a deux ans, maintenant, que je me suis fixé cet objectif : lancer une alerte, une vraie. Trouver un squelette de belle taille, dans un placard de luxe. J'ai compilé trois gros dossiers. J'ai commencé là où l'actualité m'y invitait, par Bayer-Monsanto, que j'avais dans le collimateur depuis longtemps, puis Total. Rien de très original, mais du lourd ; du toxique et brûlant ! En faisant parler sur l'oreiller un imbécile chargé d'étouffer beaucoup de choses, j'ai eu vent, en bonus, d'une très grosse arnaque au recyclage, d'où le troisième dossier. Moins épais, moins de sang entre les pages aussi, mais tout de même une belle saloperie ; et, pour le coup, une exclusivité ! Je ne t'en dis pas plus. Au moment où tu me lis, l'essentiel est entre les mains de ton frère, qui doit dépouiller un tas de paperasses autrement plus épais que le tien, dans un bureau voisin. Quant à savoir s'il te racontera tout… J'imagine que cela dépendra de ton attitude, et de ta décision. Tu pourras bientôt le rejoindre, dès que tu auras fini de me lire – si tu parviens à répondre correctement aux cinq questions, bien sûr ! Mais tu n'as pas sauté de page ? Je pense que non.

Deux de mes trois dossiers, comme tu le verras si Clark juge bon de te les montrer, ont abouti à quelque chose. Ce n'est pas rien, en deux ans ! J'ai joué toutes mes cartes à fond, sans garder la moindre réserve. Mes obligés, mes réseaux, mes entrées dans les salles de rédaction ; ce qui me restait de fric, et ce qui restait de mon cul. Pour pouvoir dire que j'ai été honnête jusqu'au bout, je t'avouerai, à ce sujet, que je me suis pris quelques râteaux ! Quatre, en tout. Ce n'est pas énorme, à l'échelle d'une vie, mais ça fait drôle. Je ne les ai pas très bien vécus. C'est aussi pour cela que j'ai brûlé mes vaisseaux, sans m'inquiéter de l'avenir. Je me sens mieux armée que je ne le serai jamais.

Lorsque j'ai eu ce qu'il me fallait pour foutre un vrai, un beau bordel, j'ai réfléchi aux médias les plus indiqués pour relayer ce genre d'infos. J'avais hâte de craquer l'allumette, mais j'hésitais encore. Je me demandais s'il n'y avait pas moyen d'aller plus loin, de chercher du flagrant délit pour rendre mon info plus visuelle, plus télégénique. Dans un des deux cas, j'avais une piste, mais c'était plus que risqué, face à des adversaires de cette trempe. J'en étais là, quand ton frère s'est pointé.

Il avait revu Niamh, et fini par comprendre. Il ne s'expliquait pas lui-même sa réaction, mais il me jurait qu'elle n'avait pas été dictée par l'égoïsme, ni le souci de sa carrière. Il s'était juste senti paralysé à l'idée de *se gourer de cible*, d'autant plus que la haine l'empêcherait de doser ses coups ! Conscient de sa force, il se voyait devenir un engin de mort. Il me jurait aussi que si Niamh avait eu un souvenir clair, le plus petit souvenir fiable de ce qui lui était arrivé, il n'aurait pas hésité un instant. Je pense que c'est la vérité – ou du moins qu'il était sincère. Au fond, il était toujours sous le coup du désastre de notre expédition dans les vignes, et de cet homme qu'il avait presque tué… J'imagine que la loi et l'ordre, la justice de Cour, lui semblaient le dernier rempart pour ne pas basculer.

Je ne dis pas que j'accepte cette logique, ma belle, ne te méprends pas. Son raisonnement – le fait même qu'il ait *raisonné* – me choque, et me choquera toujours. Mais disons que j'ai pu l'entendre.

Il m'a demandé pardon, presque comme je l'avais fait devant Niamh. Il m'a remerciée d'avoir pris les choses en main. Il m'a dit qu'il l'aimait toujours, qu'il s'en voulait à mort de l'avoir perdue, qu'il ne supportait pas de me perdre du même coup… des tas de niaiseries de ce genre, mièvres à souhait, dont je vais t'épargner le détail, car je te sens au bord de la nausée. Il m'a parlé de toi, aussi, du temps que vous passiez ensemble, de ce lien fort que vous aviez su reconstruire. Il ne m'a pas caché qu'il était inquiet, à ce propos, que tu ne lui pardonnes pas de revenir vers moi ! Mais il a pris le risque. J'ai voulu profiter de l'occasion, tu penses ! J'avais justement besoin d'un héros crédible, pour porter mes couleurs jusqu'au cœur du Côté Obscur.

Je lui ai mis le marché en mains : tu veux revenir chez Maman ? Viens donc, mais prouve que tu as tout compris. Prouve-moi que tes regrets de ne pas avoir agi ne sont pas des formules creuses, piquées dans un feuilleton pour vieilles.

Il m'a écoutée, il a lu ce que je lui ai fait lire. Mon travail d'enquête l'a bluffé, il l'a reconnu sans peine. Je l'ai senti hésitant, tenté. Seulement, que veux-tu que je foute d'un héros hésitant ?!

Demain, dès l'aube

Nous nous voyons tout le temps, depuis qu'il est revenu vers moi. Il a pris un studio à Bastille, du côté du port de l'Arsenal. Il ne s'éloigne que le temps de passer un oral ou un entretien, pour boucler son fichu cursus. Parfois aussi pour aller te voir – je tremble toujours qu'il ne me revienne pas, dans ces cas-là.

Je l'ai suivi, un dimanche matin ; il est allé te récupérer à Saint-Lazare et vous avez marché longtemps, sous un soleil de plomb qui ne semblait pas vous atteindre. Pendant que les rares passants rasaient les murs comme des cloportes pour glaner un peu d'ombre, vous marchiez droit, la tête haute, si rapides et si beaux que j'en avais le tournis ! Tu parlais beaucoup. Lui moins, mais il riait. Vous avez déjeuné chez un pakistanais, passage Brady. Vous aviez l'air heureux ! C'était bon à regarder.

Je le sentais tout près de basculer, mon Clark. De devenir le héros dont le monde aura bientôt tellement besoin. Mais il lui manquait encore l'étincelle, tu comprends ? Il ne me disait pas non, il affirmait vouloir m'aider, mais il temporisait, négociait, rechignait… Je n'avais peut-être pas *envisagé toutes les options*, il pouvait y avoir des *moyens légaux pour agir* ; il avait désormais *des contacts dans ce milieu* qui pouvaient nous aider, mais bien sûr cela supposait de *ne rien faire d'illégal*, de *ne pas m'exposer*… Il fallait que je lui laisse *quelques mois*, le temps qu'il s'installe dans ce fameux cabinet, où il était déjà connu et apprécié d'un ténor du barreau, et de plusieurs barytons : là, il aurait *de nouvelles opportunités, une autre stature*... Et *si* vraiment rien n'y faisait, *si* la voie légale ne débouchait sur rien de concret, *alors peut-être, alors seulement*...

Trop de *si* pour moi, ma belle, et trop d'*alors*. Trop hypothétique.

Je sais ce qui manque à Clark – au fond, je l'ai toujours su. Il lui manque une faille, un grand vide qui l'aspire. Le manque de Niamh, la perte de cet amour, a presque eu l'effet désiré : il s'est ressaisi. Mais ce n'était qu'une belle histoire. On se remet de ces drames-là. Si je veux qu'il bascule et qu'il explose, si je veux le mettre en orbite, il faut que je lui ôte bien plus. Il faut qu'il perde pied complètement, qu'on lui prenne celle qu'il aime par-dessus tout, et qu'il s'en veuille ! Il faut créer un manque que rien ne comblera, et il faut que, chaque jour, il se dise qu'il aurait pu éviter cela. Durant toutes ces années, je l'ai chamboulé, éreinté, asticoté, mais jamais vraiment fait souffrir. Il a eu peur, il a eu mal, mais il savait que je n'étais jamais loin.

Demain matin, je ferai donc ce que j'ai à faire. Tout est organisé, le notaire vous contactera au lendemain de l'enterrement. Il vous expliquera ce qu'il sait : que je semblais *craindre pour ma vie*, et que je lui ai laissé ces documents *au cas où je disparaîtrais*, ou bien *s'il m'arrivait malheur*, bla, bla. Il vous préviendra que vous devez impérativement vous présenter ensemble, lire très attentivement ce que l'on vous remettra et répondre aux questions posées ensuite, sans quoi les documents seront transmis tels quels à la presse ; il précisera que je ne souhaite pas que les choses se passent ainsi, car ces archives contiennent des éléments *potentiellement compromettants* pour ton frère, *voire dangereux*.

C'est du flan, à propos : je n'aurais jamais pris un tel risque. Seule ta lettre, qui sera détruite quoi qu'il arrive, contient quelques aveux embarrassants pour Clark. Et encore, rien qui lui vaudrait un casier, puisqu'il était mineur lors de nos incartades. Ce sont les documents qu'il a en main qui atterriront, le cas échéant, au *Canard enchaîné*, et il n'y est question que de mes enquêtes en solitaire. Et de mon assassinat.

J'imagine que cette menace a dû te hérisser ! Ma première idée était de me contenter de jouer sur l'héritage : il faut que tu aies tout lu pour que soient effectifs les legs à tes enfants prévus par le testament. Seulement voilà, je sais à quel point tu te défies de moi, et je ne pense pas que tu aimes beaucoup l'argent. Tout de même, peut-être que cela aurait suffi… Quelle mère refuserait un beau paquet de fric placé au nom de ses gosses ? Toujours est-il que je n'ai pas osé prendre le risque, d'où ce chantage bidon.

Vous avez donc été orientés vers deux pièces différentes. Vous en sortirez les mains vides, et les documents que vous aurez tenus seront détruits devant vous ; Clark aura appris en cours de lecture où j'ai planqué mon disque dur externe, qui contient tout ce que j'ai dégoté.

Je ne suis pas sûre que tu aies fini la première : ton frère lit tellement vite !

Il sait sans doute déjà, au moment où tu lis ces lignes, que tu n'as pas eu accès au détail des dossiers, juste à l'idée générale – pas question que tu sabotes mon travail, il m'a coûté trop cher. Clark croira que la lettre que je t'ai laissée ne contient pas grand-chose : les grandes lignes de mon projet, des excuses pour nos brouilles anciennes, une ultime tentative de te convaincre que je n'ai tué personne – ce qui est rigolo, dans le contexte, mais demeure techniquement vrai, tant que je suis là pour l'écrire ! Et, surtout, il sait que je t'ai adressé une supplication : si quoi que ce soit m'arrive, aide-le à faire éclater la vérité, à punir les salauds, et à venger sa mère, *votre* mère !

Et c'est sincère, ma toute belle. Je te supplie de l'aider. La solitude complète est une vraie vacherie, tu ne peux pas lui souhaiter ça. Quand je me serai foutue en l'air – pardon : quand les méchants m'auront butée, il n'y aura plus que toi pour l'aimer.

Ne dis pas non ! Au moins, pas tout de suite ! Pense à la belle équipe que vous pourriez former. Tu lui apporterais l'impulsivité qui lui fait défaut ; un peu de mon caractère, dont tu as finalement hérité plus que lui. Tu serais le feu, lui le fer, et rien ne saurait plus entraver votre élan ! Ne me dis pas, ma toute belle, que tu ne rêves pas d'un monde meilleur pour mes petits-enfants ? Ne me dis pas que tu ne ressens pas, dans ton cœur, ton âme ou tes tripes, l'urgence de tenter *quelque chose* ?

Souviens-toi, surtout, que tu n'as pas le choix, à moins de l'abandonner une nouvelle fois… Tu ne souhaites pas qu'il finisse en taule ?

Ne perds pas ton temps : tu n'arriveras pas à le détourner de sa vengeance. Aucun risque. D'abord, parce que l'histoire de Niamh est encore chaude, et qu'il ne peut pas se défiler deux fois de suite ; ensuite, parce que j'ai anticipé, en le prévenant que tu risquais de ne pas me croire. Et puis, voyons les choses en face, tu n'es pas de taille : tu n'as pas réussi à l'éloigner de moi de mon vivant ! Imagine quel poids sera le mien, quand je serai morte.

Je vais m'assassiner dans les règles de l'art. Professionnelle, jusqu'au bout. N'espère rien de ce côté-là non plus. J'ai montré à ton frère une lettre de menaces, hier : il est terriblement inquiet pour moi. Ce que je vais m'inoculer, avant de me balancer dans le fleuve, n'est pas simple à trouver, et il y aura des empreintes sur la seringue – qui ne mèneront pas à grand-chose, mais devraient mettre une belle pagaille tout de même. Le temps que le truc fasse effet, je me serai entortillée dans de l'adhésif industriel. Je me suis entraînée à la maison : c'est rigolo, on dirait une vidéo d'Houdini défilant à l'envers. Et je me serai d'abord attachée à un quelconque objet lourd. Mais pas trop bien attachée, non plus ! J'ai besoin qu'on retrouve mon cadavre. Tu serais capable de faire gober à Clark que je me suis tirée au soleil, en lui laissant tout le boulot !

Je sais que ce plan est le bon. Ainsi fabrique-t-on les super-héros, c'est la recette traditionnelle. Je ne peux pas tout inventer non plus.

La seule chose que j'ignore, c'est ce que tu choisiras de faire maintenant. Avec ou sans toi, il me vengera, j'en suis sûre ; mais s'il est livré à lui-même, ce sera plus difficile, et moins enthousiasmant. J'aurais pu chercher à t'embrouiller, toi aussi – la fameuse lettre, celle que Clark pense que tu viens de lire, elle existe, tu sais ! Je l'ai rédigée, puis déchirée. C'était vain. Quand bien même tu m'aurais crue, et rien n'est moins sûr, tu ne te serais senti aucune obligation morale vis-à-vis de moi, ni de mon combat. Ma seule chance de te voir aux côtés de ton frère, c'est de jouer la seule carte qui me reste à abattre, celle que je n'ai encore jamais jouée : la franchise. En espérant que tu en ressentes la valeur.

Bon courage, ma toute belle ! Je te fais confiance.

Maman

REMERCIEMENTS

Ce roman, comme les précédents, doit beaucoup à ma *dream team* de relecteurs : Dumè Rossi, Olivier Fried, le docteur Emma « Battling » Salort-Campana, Malika Necir, Soune et Bruys Beauchard de Luca. Loués soient-ils. Puissent-ils me supporter encore longtemps.

Un immense merci à Caroline et Emeric d'avoir cru en cette histoire tordue et de m'avoir aidée à la faire tenir debout !

Achevé d'imprimer en mai 2021
par l'imprimerie Présence Graphique
à Monts (Indre-et-Loire)
pour le compte de
la Librairie L'Atalante

Dépôt légal : mai 2021

IMPRIMÉ EN FRANCE